Geschichten für den Nahverkehr

Band 1: Von Mördern, Fußballern und anderen Wesen

Über die Autorin:

Beate Quester-Brüning, geboren 1961 in Mannheim, studierte Psychologie, Geschichte und Informatik in Berlin, ist verheiratet, hat zwei erwachsene Kinder, arbeitet in der IT und lebt seit 1994 in Ulm. Auf diversen Fortbildungen - unter anderem beim Bastei-Lübbe Verlag in Köln, an der Bundesakademie für kulturelle Bildung in Wolfenbüttel sowie beim writers'studio in Wien - befasste sie sich intensiv mit dem schriftstellerischen Handwerk.

2015 gewann der Kurzkrimi ›Beseitigung‹ einen Preis beim Schreibwettbewerb des Buchjournals. 2016 erhielt sie den ersten Preis bei einem Essaywettbewerb im Rahmen der Worldpress Photo Exhibition.

Alle aus dem Buchverkauf resultierenden Einnahmen der Autorin gehen als Spende an Ärzte ohne Grenzen

Geschichten für den Nahverkehr

Band 1: Von Mördern, Fußballern und anderen Wesen

Von Beate Quester-Brüning

Bibliografische Information der Deutschen Nationalbibliothek:
Die Deutsche Nationalbibliothek verzeichnet diese
Publikation in der Deutschen Nationalbibliografie;
detaillierte bibliografische Daten sind im Internet über
http://dnb.dnb.de abrufbar.

© 2020 Beate Quester-Brüning
Umschlagbild: Beate Quester-Brüning
Herstellung und Verlag: BoD – Books on Demand,
Norderstedt
Alle Rechte vorbehalten.
ISBN: 978-3-7519- 0824-5

Für Lotta

Inhaltsverzeichnis

Vorbemerkung   8

Lotta findet eine Leiche   9

Tod in Saigon   23

Beseitigung   38

Winzertod   43

Hinter der Tür   82

Am Abgrund   109

Der Insolvenzverwalter   117

Der kleine Bruder   124

Die Schatten der Levada   135

Jagdzeit   150

Gnorks   167

Das Fußballturnier   182

Vorbemerkung

Im Auto sitzend, blechisoliert von Viren, Bazillen und den Eigenheiten der restlichen Menschheit, zieht die Landschaft wahllos vorbei. Mit stierem Blick auf die Fahrbahn ergreift den Fahrenden die Monotonie des vorbeirauschenden Verkehrs, nur ab und zu ein Seitenblick auf das verschwommene Profil des links Überholenden oder rechts Überholten.

Im öffentlichen Nah- und Fernverkehr kommen sich Menschen näher. Das kann unangenehm sein, wenn dem Sitznachbar stinkende Dämpfe entweichen. Es kann aber auch bereichern, wenn sich spontan Gespräche mit Mitreisenden ergeben. Wer in der Menge Distanz sucht, starrt aus dem Fenster, traktiert sein Smartphone, döst vor sich hin oder liest ein Buch.

Die vorliegenden Geschichten sollen keinesfalls die Distanz fördern, sondern unterhalten und nahegehen.

Viel Spaß beim Lesen zwischen Hamburg und Harburg, Kreuzberg und Wedding, München und Stuttgart oder wo immer der Weg hinführt!

Lotta findet eine Leiche

Lotta riss einen Grashalm aus und kitzelte damit die Sohle des Fußes, der aus dem Gebüsch ragte. Er zuckte nicht, rührte sich kein bisschen. Die Frau, der dieser Fuß gehörte - Lotta war sich sicher, dass es sich um eine Frau handelte, denn die Fußnägel waren rot lackiert, und neben dem Fuß lag eine hochhackige Sandale, die mit silbernen Perlen verziert war - musste tot sein. Oder schlief sie nur? Erneut strich Lotta mit dem Halm über die nackte Sohle, diesmal heftiger. Keine Reaktion. Sie seufzte zufrieden.

Eine Leiche! Sie hatte eine Leiche gefunden! So weit sie wusste, war bisher noch keiner aus der Familie jemals auf eine Tote mitten in einem Wald, versteckt unter einem Busch gestoßen. Voller Vorfreude malte sie sich die erstaunten und vor Neid erblassenden Gesichter ihrer älteren Geschwister Eddie und Emma aus, wenn sie ihnen ihren Fund zeigen würde.

Lotta stutzte. Sollte sie den beiden überhaupt von ihrer Entdeckung erzählen? Es lag ein gewisser Reiz darin, ein Geheimnis zu haben, im Kreise der anderen zu sitzen und zu denken: ›Ihr habt ja keine Ahnung, was ich heute erlebt habe!‹ Außerdem war es ihre Leiche, und keiner sollte sie ihr wegnehmen! Während sie noch über das Für und Wider der Geheimhaltung nachdachte, hörte sie Eddie rufen.

»Lotta, wo bist du denn?« Hastig nahm sie eine Handvoll Laub, warf sie über den Fuß und stopfte die Sandale tiefer in den Busch hinein. Dann verließ sie das Wäldchen am See und eilte auf Eddie zu.

»Da bist du ja endlich!« Eddie verzog das Gesicht zu einer Miene, die alle Brüder aufsetzen, wenn sie gezwungen werden, sich um ihre kleine Schwester zu kümmern. »Wir wollen essen. Wo hast du denn gesteckt?« Lotta wollte schon mit ihrer aufregenden Neuigkeit herausplatzen, aber im letzten Moment verkniff sie es sich. Wenn sie Eddie jetzt in ihr Geheimnis einweihte, ganz ohne Zeugen, würde er bestimmt behaupten, er hätte die Leiche gefunden. In ihren Augen war Eddie ein rücksichtsloser Wichtigtuer, der alle anlog, um sich ins beste Licht zu setzen. Sie wollte lieber warten, bis sämtliche Geschwister beisammen waren, bevor sie ihren Fund verkündete.

Mama und Emma hatten Pommes und Bratwürste am Kiosk besorgt und warteten schon ungeduldig. Papa war auch wieder da. Er hatte, kurz nachdem sie am Badesee eingetroffen waren, einen Anruf aus dem Büro bekommen und noch einmal weggemusst.

Es war normal, dass er auch am Wochenende arbeitete, aber heute hatte Mama auf einen Familienausflug bestanden - er hätte in letzter Zeit zu viel gearbeitet und würde gar nichts mehr mit den Kindern unternehmen. Lotta war es egal, ob Papa dabei war oder nicht. Er kümmerte sich sowieso nicht um sie. Am ehesten interessierte er sich noch für Eddie, mit dem er über Fußball und Computer redete, und manchmal auch für Emma. Ihre glänzenden Schulnoten und ihr niedliches Auftreten nahm er zum Anlass, stundenlang vor den Nachbarn, Freunden und Verwandten mit seiner gelungenen Tochter zu prahlen. Die hagere Lotta mit den dünnen Haaren, der viel zu langen Nase und den mittelmäßigen Zeugnissen erwähnte er bei solchen Unterhaltungen nicht. Es gab sogar Bekannte ihrer Eltern, die gar nicht wussten, dass es zwei Mädchen in der Familie gab. Selbst ihr kleiner Bruder Tom erhielt mehr Aufmerksamkeit von ihm als sie, da er so ein süßer, tapsiger Blondschopf war. Nein, Papa konnte, wenn es nach Lotta ging, jedes Wochenende im Büro verbringen, und er war der letzte Mensch dem sie von ihrem sensationellen Fund erzählen würde.

Papa hatte sich abseits von den anderen auf einem Handtuch niedergelassen und knabberte lustlos an einer

Pommes, während er abwesend auf den See starrte. Mama warf ab und zu ärgerliche Blicke zu ihm hinüber. Im Gegensatz zu ihm hatte sie Lottas Erscheinen sehr wohl bemerkt. Kritisch musterte sie die dreckigen Knie ihrer Tochter und die kleinen Zweige, die sich in ihren Haaren verfangen hatten.

Lotta fühlte sich durchschaut. Sollte sie Mama in ihre Entdeckung einweihen? Sie zögerte. Soweit sie wusste, war eine Leiche eine ernsthafte Angelegenheit, von der man Kinder üblicherweise fernhielt. Freuen würde Mama sich über den Fund sicher nicht.

»Wie siehst du schon wieder aus!«, schimpfte Mama. »Und wo warst du denn so lange? Ich hatte dir gesagt, du sollst nicht so weit weggehen!« Lotta zog einen Flunsch. Sie war doch bloß dem Papa hinterher gesprungen, als er nach dem Anruf aus dem Büro Richtung Parkplatz gegangen war. Er hatte sie angeraunzt und zurückgeschickt. Als sie wieder zu den anderen zurückgekommen war, hatten sich Eddie und Emma auf der Picknickdecke breitgemacht und sie fortgejagt. Mama hatte sie nicht mitnehmen wollen, als sie zur Toilette ging, um den kleinen Tom, der in seine Badehose gekackt hatte, zu säubern. Also war Lotta ein wenig herumgestreunt und schließlich wieder auf dem Parkplatz gelandet, wo sie zwischen den parkenden Fahrzeugen Anschleichen übte. Aber dann hatte sie Papa entdeckt, der sich mit jemanden, der in einem Auto saß, unterhielt. Da sie sich sicher war, dass er sie nicht sehen wollte, war sie in das angrenzende Wäldchen ausgewichen, hatte im Unterholz nach Käfern und Ameisen gestöbert, sich auf die Suche nach etwas Aufregendem - einer Höhle, einem wilden Tier oder einem Schatz - gemacht und versucht, auf einem Baum zu klettern. Dabei war sie abgerutscht und ins Gras gefallen und direkt vor ihr hatte der Fuß aus dem Busch geragt.

Niemand hatte sie bei sich haben wollen, nicht einmal Mama, und jetzt machte sie ihr Vorwürfe, dass sie herumgestreunt war! Nein, Mama hatte es nicht verdient, in ihr Geheimnis eingeweiht zu werden.

Lotta biss so herzhaft in ihr Bratwurstbrötchen, dass Ketchup auf Emmas weißen Bikini spritzte.

»Igitt, pass doch auf, du blöde Kuh!« Emma sprang angewidert auf.

»Du siehst aus, als ob du deine Tage hast«, feixte Eddie, woraufhin ihm Emma eine Ohrfeige verpasste. Der kleine Tom fing an zu heulen, ließ seine Pommestüte fallen und hinterließ bei dem Versuch, zu Mama zu krabbeln, eine Spur aus rotweißen Schlieren auf der

Picknickdecke. Eddie klaubte ein paar matschige Pommes auf und schmierte sie Lotta in die Haare.

»Passt gut zu deinem Bio Haarschmuck«, spottete er. Emma verschwand jammernd Richtung Toilette, um ihren Bikini zu reinigen.

»Hört auf!«, brüllte Mama und versuchte eine Weile vergeblich, die Decke von Pommes, Geschmiere und heulendem Tom zu befreien. Papa ignorierte das Schlamassel. Er blickte weiter unverwandt auf den See und drehte sich noch nicht einmal um, als Toms Heulen in schrilles Schreien überging.

Lotta bemerkte verwundert, dass Papa trotz der Hitze leicht zitterte. Blöder Papa, dachte sie, wir sind ihm völlig egal, und ihre Mama tat ihr ein bisschen leid in dem Chaos. Um ihr beim Aufräumen zu helfen, sammelte sie ein paar der verstreuten Pommes auf, trat in eine Ketchuppfütze und hinterließ mit jedem Schritt blutrote Fußabdrücke auf der Decke.

Emma kam mit finsterer Miene von der Toilette zurück. »Ich kriege den Fleck nicht raus, ihr seid doch alle blöde ...«

Weiter kam sie nicht, denn Tom torkelte auf sie zu und krallte seine verschmierten Hände in ihre Beine, woraufhin Emma ihr Gleichgewicht verlor und auf

Lotta fiel, die beim Ausweichen Eddies Colaflasche umstieß, so dass sich das braune Getränk über das Comicheft ergoss, in dem er gerade geblättert hatte. Jetzt brüllten alle, aber Mama brüllte am lautesten.

»Es reicht! Ab in den See und macht euch sauber! Nehmt Tom mit und passt auf ihn auf!«

Sie legte Tom die Schwimmflügel an und scheuchte die Kinder mit einer müden Geste davon.

»Ich habe noch Hunger!«, wollte Lotta sagen, aber sie spürte, dass das jetzt nicht gut ankommen würde.

Im See ging der Streit weiter. Während Tom jauchzend zwischen seinen Geschwistern herum planschte, versuchte Eddie, Emma unter Wasser zu ziehen.

»Hör auf, du Idiot!« Emma stieß ihn weg. »Meine Frisur! Tunk doch lieber Lotta, die hat doch sowieso keine!«

Freudig kam Eddie dieser Aufforderung nach,. Als Lotta prustend und nach Luft schnappend wieder auftauchte, lachte Eddie hämisch. »Du siehst aus wie ein nasses Ferkel! Komm her, mein Schweini, komm, komm, komm!«

»Sweini, Sweini!«, brabbelte Tom, und Emma kringelte sich vor Lachen. Erneut versuchte Eddie, Lotta zu tunken, aber es gelang ihr, ihm mit ein paar kräftigen

Schwimmstößen zu entkommen und sich an einem Pfahl des nahen Badestegs festzuklammern.

»Ihr seid so blöd und gemein!«, schrie sie ihre Geschwister wütend an. »Ich werde euch nie verraten, wo die Leiche ist!« Ups! Da war es ihr herausgerutscht. Eddie spie ihr Wasser ins Gesicht und musterte sie mit zusammengekniffenen Augen, während er wie der Weiße Hai bedrohlich um sie herum paddelte. »Hast du einen toten Frosch gefunden oder was?«

»Quatsch!«, sagte Lotta und spürte, wie ihre Wangen trotz der Kühle des Wassers zu glühen anfingen. »Eine richtige tote Frau!«

Emma rollte mit den Augen. »So ein Schwachsinn. Hast du einen Sonnenstich, du Lügenbiest? Kann mich jemand von dieser Monsterschwester erlösen?«

»Ihr Blödiane, kommt doch mit, ich zeige sie euch, die liegt da hinten im Wald, unter einem Busch!« Lotta ließ den Pfosten los und kraulte wutentbrannt Richtung Ufer. Eddie sah Emma spöttisch an. »Sollen wir dem kleinen Sweini folgen? Oder wollen wir es lieber ertränken?«

»Wir können uns die Sache ja mal ansehen. Mir wird sowieso kalt.« Emma schnappte sich Tom und zog ihn mit sich mit ans Ufer.

Mama hatte das Picknickchaos halbwegs beseitigt. Mit hochrotem Kopf zupfte sie die Pommesreste aus der Decke und schmiss sie in eine Mülltüte, während Papa ein paar Schritte von ihr entfernt wütend auf- und ablief. Lotta kannte das schon. Die beiden mussten sich gestritten haben, wie so oft in letzter Zeit. Papa konnte wahnsinnig fiese Sachen sagen, und Mama fing dann immer an zu weinen. Aber heute schien sie die Tränen wegen der anderen Badegäste zu unterdrücken.

»Wo wollt ihr hin?«, fragte sie mit belegter Stimme, als Emma Tom auf der Decke absetzte und sich umwandte, um mit Eddie und Lotta Richtung Wäldchen zu laufen.

»Nix besonderes, nur mal so herum schauen«, antwortete Emma.

»Will auch mit! Lottas Leiche gucken!«, plärrte Tom beleidigt.

Papa blieb wie angewurzelt stehen. Mama seufzte. »Trocknet euch doch erst ein bisschen ab, dann könnt ihr gehen. Aber falls Lotta wirklich irgendwo ein totes Tier gefunden hat, fasst es nicht an!«

»Nein, Ihr bleibt alle hier!« Papas Aufbrausen ließ die Kinder zusammenzucken. Mama warf ihm einen verwunderten Blick zu. »So, wie ihr euch benehmt, habe ich keine Lust mehr, zu bleiben«, schimpfte er. »Wir fahren nach Hause, zieht euch an! Ich muss nur noch schnell zum Auto, weil ich dort meine Unterhose vergessen habe. Ihr bleibt so lange hier und rührt euch nicht vom Fleck!«

»Ihr habt gehört, was euer Vater gesagt hat.« Mamas Stimme klang müde. »Legt euch zum Aufwärmen noch einen Moment in die Sonne, bis er wiederkommt.«

Lotta protestierte. »Aber ich wollte den anderen noch zeigen, was ich ...«

»Jetzt sei einfach still!«

Maulend ließ sich Lotta im Gras nieder und schubste erbost mit ihrem großen Zeh einen Käfer von einem kleinen Stein hinunter. Mama fing an, die Taschen zu packen.

»Aber da ist sie doch.« Stirnrunzelnd zog sie eine karierte Boxershort hervor.

Wenig später kam Papa abgehetzt und verschwitzt zurück.

»Deine Unterhose war in der blauen Tasche, du bist ganz umsonst gegangen.«

»Weiss ich«, knurrte Papa. »Jetzt beeilt euch. Wir gehen.«

»Du hast da was im Haar«, sagte Emma, die sich schläfrig neben Eddie auf der Decke rekelte. Unwirsch entfernte Papa ein Blatt, das sich verfangen hatte.

Es dauerte lange, bis die Familie alles eingepackt hatte und abmarschbereit war.

»Lotta, wo sind deine Schuhe?«, fragte Mama.

Lotta zuckte mit den Schultern. Ihr war gar nicht aufgefallen, dass sie fehlten.

Mama seufzte. »Hans, geh doch schon mit Tom und Eddie vor und nehmt ein paar Taschen mit.«

»Immer müssen wir auf Lotta warten«, stöhnte Emma.

Mama und die Mädchen suchten die Umgebung ab, bis Lotta plötzlich einfiel, wo sie ihre Schuhe gelassen hatte.

»Ich weiß, wo sie sind«, krähte sie heraus. »Die habe ich da hinten im Wald vergessen.« Ein freudiges Strahlen huschte über ihr Gesicht. »Dann kann ich euch auch gleich beweisen, dass ich mit der Leiche nicht gelogen habe. Die liegt nämlich direkt daneben!«

Mama und Emma tauschten genervte Blicke aus, luden sich die restlichen Taschen auf und folgten Lotta, die vergnügt vor ihnen her sprang.

Der Fuß war verschwunden.

Ungläubig starrte Lotta auf das Gebüsch und das Häufchen Laub davor. Sie war sich absolut sicher, dass dies die richtige Stelle war, denn zwei Meter entfernt standen ihre Schuhe im hohen Gras.

»Hier war die tote Frau!« Verzweifelt kroch Lotta in den Busch hinein in der Hoffnung, dass die Leiche vielleicht nur ein bisschen nach hinten gerutscht war.

»Komm da raus!« Mamas Stimme klang mehr als genervt. »Wir müssen los, die anderen warten.«

»War doch klar, dass da nichts dahinter steckt«, höhnte Emma. »Kleine Schwester Lügenmaul, wie immer!«

»Schau doch!« Triumphierend hielt Lotta ihr die hochhackige Sandale mit den Silberperlen unter die Nase. »Die hat der toten Frau gehört!«

»Na klasse.« Emma schnaubte verächtlich. »Ein toller Fund. Eine Sandale. Und noch dazu eine hässliche. Die sieht genau so geschmacklos aus wie die, die Papas Sekretärin Frau Schreiber immer trägt. Du bist einfach nur dämlich!«

Lotta umfing eine schwarze Wolke aus Wut und Enttäuschung. Ihre Leiche war gestohlen worden, Emma verspottete sie, niemand würde ihr jemals wieder glauben und alle würden weiter auf ihr herumtrampeln. Sie fing an zu heulen und bemerkte erst gar nicht, dass Mama, die sich schon zum Gehen gewandt hatte, plötzlich stehen blieb und sich wieder umdrehte.

»Frau Schreiber«, flüsterte sie so leise, dass Lotta es zwischen ihren Schluchzern kaum verstand. Mama nahm Lotta die Sandale aus der Hand und betrachtete den Schuh eingehend. Sie schob die beiden Mädchen beiseite und inspizierte schweigend das niedergetretene Gras vor dem Gebüsch, das an einer Stelle merkwürdig rotbraun verfärbt war.

»Schau mal!«, rief Emma plötzlich. »Da hat jemand noch mehr hässliche Sachen entsorgt!«

Ein Ohrring hatte sich in den Zweigen des Busches verfangen, ein auffälliges Stück mit rotglitzernden Perlen und aus protzigem Gold. Mama wurde blass. Sie zupfte den Ohrring ab und betrachtete ihn eingehend.

»Frau Schreiber. Hans.«

Was und wie ihre Mama das sagte, kam Lotta so seltsam vor, dass sie aufhörte, zu weinen. Emma sah ihre Mutter, die wie eingefroren mit Ohrring und Schuh in der Hand da stand, besorgt an. Nach einer Ewigkeit, in der sich nichts rührte und nur das Rascheln der Blätter im Wind und das Surren der Mücken zu hören war, legte Mama behutsam den Ohrring und die Sandale ins

Gras und drehte langsam eine Runde um den Busch herum. Sie wirkte seltsam unnahbar in ihrer Konzentration, mit der sie jeden Bestandteil des Gebüschs und des Bodens zu betrachten schien. Schließlich zog sie ihr Handy hervor und sah die Mädchen an, als hätte sie eben erst ihre Anwesenheit bemerkt.

»Setzt euch unter den Baum dort hinten und rührt euch nicht, verstanden!«

Zögernd wählte Mama eine Nummer, legte auf, und wählte erneut.

»Hallo, spreche ich mit der Polizei?«

Tod in Saigon

Die Hälfte von Stefans Gesicht lag in einem roten See aus Blut, der sich auf den weiß glänzenden Fliesen ausgebreitet hatte. Seine gebrochenen Augen stierten glasig Richtung Toilette. Die Beine ragten seltsam verkrümmt aus dem Badezimmer heraus. Es roch nach süßlichem Urin, herbem Rasierwasser, rostigem Eisen und Kot.

»Liebe Frau Weber, nachdem Sie den Ermordeten als Ihren Geschäftskollegen Stefan Marten identifiziert haben, möchte Ihnen der Herr Kommissar noch ein paar Fragen stellen.«

Die schrille Stimme der Dolmetscherin schmerzte in meinen Ohren. Sie stand direkt hinter mir, neben dem Kommissar, einem unauffälligen schmächtigen Mann mittleren Alters mit schütterem Haar, der trotz der schwülen Hitze einen zerknitterten, grauen Mantel trug. Auch der Hotelbesitzer und der Mann von der Rezeption hatten sich eingefunden. Ich hörte die beiden im Hintergrund miteinander tuscheln. Natürlich verstand ich kein Wort.

»Fragen Sie.« Ich antwortete, ohne den Blick von der Gehirnmasse abzuwenden, die aus Stefans zerschmettertem Hinterkopf quoll.

»Sie haben erzählt, dass sie zusammen mit Herrn Marten heute Nachmittag um halb fünf von einem Geschäftstermin ins Hotel zurückkamen. Sie behaupten, dass Sie sofort auf Ihr Zimmer im vierten Stock fuhren, während Herr Marten an der Rezeption blieb, um sich wegen der kaputten Klimaanlage in seinem Zimmer zu beschweren. Der Kommissar möchte wissen, ob Sie dabei jemanden begegnet sind.«

»Nein.«

»Der Hausmeister, der die Klimaanlage reparieren sollte, klopfte gegen halb sechs bei Herrn Marten an. Niemand öffnete. Also schloss er die Tür mit der Generalkarte auf. Er fand Ihren Geschäftspartner so vor, wie Sie ihn jetzt sehen, und verständigte sofort Herrn Phu an der Rezeption. Dieser rief den Notarzt und die Polizei, woraufhin ...«

Der Kommissar unterbrach sie. Er hatte eine angenehm tiefe Stimme, die nicht zu seiner hageren Gestalt passte.

Die Dolmetscherin kicherte verlegen. »Der Kommissar meint, ich rede zu viel. Er möchte wissen, ob Sie Herrn Marten, nachdem Sie sich von ihm in der Eingangshalle getrennt hatten, noch einmal gesehen oder gesprochen haben.«

»Nein.«

Ich drehte mich abrupt um. Der schwarze Pagenschnitt der Dolmetscherin sah aus wie festgeschweißt. Sie schielte. Ihr hohles Grinsen erinnerte mich an meine demente Tante Berta.

»Der Kommissar möchte wissen, was Sie auf Ihrem Zimmer gemacht haben.«

»Ich habe mich etwas ausgeruht und danach angefangen, zu packen. Morgen fliege ich zurück nach Deutschland. Stefan wollte wegen eines interessanten Kaufangebots noch länger bleiben. Wir hatten uns erst wieder um acht Uhr zum Essen verabredet.«

»Der Kommissar fragt, was für Geschäfte Sie tätigen.«

»Stefan und ich handeln mit asiatischen Kunstobjekten.«

»Der Kommissar möchte wissen, wie häufig Sie in Vietnam tätig sind.«

»Normalerweise bin ich zuhause in unserer Galerie für den Verkauf zuständig, während Stefan sich um den Einkauf kümmert. Es ist das erste Mal, dass ich ihn begleitet habe.«

»Und wieso waren Sie diesmal dabei?«

»Stefan hatte mich überredet, mitzukommen. Er meinte, es wäre bestimmt spannend für mich, die Länder kennenzulernen, deren Kunstwerke wir vermitteln. Aber ich hasse es, zu reisen.«

»Warum?«

»Ich bevorzuge das, was ich kenne.«

Die Dolmetscherin gab ein gackerndes Kichern von sich.

»Das verstehe ich. Während meiner Zeit in Deutschland habe ich die vertrauten Gewohnheiten und unser heimisches Essen auch sehr vermisst.«

Ihr greller Plauderton ließ meine Nerven vibrieren.

»Hören Sie, warum wollen Sie das alles wissen? Herr Phu erzählte mir vorhin, der Mörder wäre schon gefasst. Es würde sich um einen stadtbekannten Hoteldieb handeln, der sich im Nachbarzimmer verbarg.«

»Wir wissen noch nicht, ob der Hoteldieb tatsächlich der Täter war. Ermordet wurde Herr Marten durch einen Schlag auf den Hinterkopf mit einem schweren Gegenstand, vermutlich mit der Statue, die auf dem Ecktisch in der Garderobe als Dekoration stand. Sie ist verschwunden. Jeder halbwegs kräftige Mensch hätte ...«

Der Kommissar unterbrach sie mit sanfter, aber befehlsgewohnter Stimme.

»Entschuldigen Sie bitte, ich habe wieder zu viel geredet. Der Kommissar meint, dass Sie erschöpft wirken. Wenn Sie möchten, können wir für heute Schluss machen. Wann fahren Sie morgen zum Flughafen?«

»Früh. Gegen sieben Uhr.«

»Der Herr Kommissar sagt, dass wir dann leider weitermachen müssen. Da sie noch nicht zu Abend gegessen haben, schlägt er vor, die Befragung in einem Restaurant hier in der Nähe fortzusetzen. Sind Sie damit einverstanden?«

Wieder gab sie dieses unangebrachte, gackernde Kichern von sich. Ich verspürte das Bedürfnis, sie mit einem Schlag ins Gesicht zum Schweigen zu bringen.

»Was für Fragen wollen Sie mir denn noch stellen?«

Ich sehnte mich nach Ruhe. Ich wollte allein sein. Essen war das Letzte, was ich jetzt brauchte. Als ich jedoch den Kommissar ansah, wurde mir klar, dass ich keine andere Wahl hatte, als der Einladung zu folgen.

Wir verließen das Hotel und gingen die von knatternden Mopeds verstopfte Nguyen Hue Street entlang, bis wir zu einem mir unbekannten Viertel mit schmutzigen, schlecht beleuchteten Gassen kamen, in denen sich Handy und Second Hand Stores, Spielhallen und

Lebensmittelläden mit verrotteten Auslagen aneinanderreihten. Schnatternde Vietnamesen drängten sich vor den Ständen fliegender Getränke- und Essensverkäufer. Sie funkelten uns mit dunklen Augen an und gaben nur widerwillig den Weg frei.

»Sie wundern sich vielleicht über mein gutes Deutsch«, plapperte die neben mir trippelnde Dolmetscherin, während wir beide uns bemühten, mit dem forschen Schritt des Kommissars mitzuhalten.

»Ich habe ein paar Auslandssemester während meines Psychologiestudiums in Chemnitz absolviert.«

Sie fing an, Anekdoten aus ihrer Zeit in Sachsen zu erzählen. Ihre Hühnerstimme marterte mich wie quietschende Kreide. Schweiß rann mir den Nacken hinunter, und meine Beine wollten keinen Schritt mehr weitergehen.

Als der Kommissar eine Garküche betrat - die Bezeichnung Restaurant wäre übertrieben gewesen -, verstummte sie endlich. Unter einem maroden Bambusdach drängten sich ein paar klobige Holztische und -bänke, von denen nur zwei besetzt waren. Ein nicht unangenehmer Geruch nach gebratenem Fisch, gedünstetem Gemüse, Curry und Schärfe schlug uns aus dem offenen Küchenbereich entgegen, den eine schmierige

Theke vom Gastraum trennte. Der Kommissar suchte einen Tisch nahe der Straße aus. Nachdem die Dolmetscherin und ich uns auf eine Bank gezwängt hatten, ging er zur Theke und sprach mit einem der beiden Köche, die dort mit Pfannen und Töpfen herumhantierten. Der Koch wischte sich die Finger an seinem fleckigen Kittel ab und reichte dem Kommissar die Hand. Er ließ ein paar gutturale Laute der Begrüßung erklingen, bevor er sich wieder seiner Arbeit widmete.

Mein Hintern spürte die Schweißabdrücke und die längst verflossene Wärme von Hunderten, die die verwitterte Bank vor mir durchgesessen hatten. Der Tisch, ein Klotz aus moderndem, dunklem Holz, war voller Kratzer und Ritzen, klebrig und verkrümelt. Vor mir lag ein zerfleddertes Heftchen, gefüllt mit vietnamesischem Buchstabengekrakel - wohl der Speiseplan. Es gab keine englische Übersetzung.

»Was möchten Sie trinken?«, fragte die Dolmetscherin.

»Eine Cola bitte«.

Sie rief dem Kommissar unsere Wünsche zu. Er sprach mit dem Koch, der ihm Flaschen und Gläser reichte. Dann kam der Kommissar mit den Getränken zu uns zurück, setzte sich und starrte mich mit ausdrucksloser Miene an. Die Speisekarte zitterte in meinen Händen, und die krakeligen Buchstaben tanzten vor meinen Augen.

Der Kommissar sagte etwas.

»Der Kommissar meint, dass sie hier sehr gut kochen. Vietnamesische und kambodschanische Spezialitäten«, übersetzte die Dolmetscherin.

»Mir reicht eine Suppe«, murmelte ich.

Durstig trank ich einen Schluck aus dem Colaglas. Etwas Klumpiges landete auf meiner Zunge. Angeekelt spuckte ich es auf die Bodendielen. Es krabbelte davon. Ich war kurz davor, mich zu übergeben.

»Der Herr Kommissar möchte wissen, ob Herr Marten und Sie mehr als Geschäftskollegen waren.«

Noch immer meinte ich, dass sich in meinem Mund etwas bewegte. Ich spuckte erneut und würgte. Warum sprang ich nicht einfach auf und rannte davon? Weil die Augen des Kommissars mir keine Wahl ließen außer sitzen zu bleiben.

»Wie meinen Sie das?«, fuhr ich die Dolmetscherin an. Sie duckte sich und sah betreten auf die Tischplatte.

»Entschuldigen Sie, ich habe mich ein wenig ungeschickt ausgedrückt.« Unsicher linste sie zum Kommissar hinüber. Ihre breiten Nasenflügel bebten.

»Hatten Ihre und Herr Martens Familie auch in der Freizeit Kontakt miteinander?«

Etwas ragte aus einer der Tischritzen heraus, was vorher nicht da gewesen war. Es sah aus wie eine spitze, lange Nadel. Es bewegte sich.

»Stefan war nicht verheiratet. Könnten Sie mir bitte eine Flasche Wasser und ein neues Glas bestellen?«

Eine zweite Nadel erschien. Zwei Fühler, gefolgt von einem winzigen, schwarzchininglänzenden Kopf, der mich anzustarren schien. Mühsam gelang es mir, einen Aufschrei zu unterdrücken.

»Sie müssen ja wirklich Durst haben!« Die Dolmetscherin erhob sich, gab die Bestellung auf, kam mit dem Wasserglas zurück und stellte es vor mir ab. Dabei zwitscherte und gackerte sie, als ob sie gerade von einem Hahn besprungen wurde. Wäre ein Messer in meiner Reichweite gewesen, hätte ich es ihr zwischen die Rippen gestoßen. Zum Glück lagen nur harmlose Stäbchen als Besteck bereit.

Der Koch brachte uns ein paar dampfende Schälchen. Als er sie auf den Tisch stellte, zogen sich die Fühler und der Insektenkopf in die Ritze zurück.

»Der Herr Kommissar möchte wissen, was sie zusammen unternommen haben, der Herr Marten und Ihre Familie.«

Die Dolmetscherin schmatzte. Sie hatte sich den Mund mit etwas vollgestopft, das in einer Brühe schwamm und wie geringelte Gnocchis aussah. Leute, die beim Essen schmatzen, habe ich schon immer gehasst.

»Bambuswürmer. Eine alte vietnamesische Spezialität. Wollen Sie probieren?«

Ich sah sie entgeistert an.

Der Kommissar sagte etwas. Es klang nicht freundlich. Die Dolmetscherin errötete.

»Der Herr Kommissar wird ungeduldig. Bitte beantworten Sie seine Frage.«

Ich betrachtete die trübe Suppe in meiner Schale. Sie duftete köstlich. Die darin schwimmenden Gemüsestreifen und weißen Fleischstückchen - ich vermutete, dass es sich um Huhn handelte - sahen appetitlich aus. Ich versuchte einen Schluck. Er tat gut.

»Wir waren locker befreundet. Mein Mann Helmut und Stefan spielten regelmäßig Tennis zusammen. Ab und zu haben wir gemeinsame Wochenendausflüge gemacht.«

Ich spürte einen Stich an der Wade. Als ich danach griff, fühlte ich eine Beule, die schrecklich zu jucken begann.

Der Kommissar biss gerade in etwas mit langen, haarigen Beinen. Bisher hatte ich nicht darauf geachtet, was sich in seinem Schälchen befand. Schwarze, ölig gebratene Spinnen. Der Schluck Suppe kam mir wieder hoch.

»Mir geht es nicht gut«, krächzte ich mühsam hervor. »Ich möchte zurück ins Hotel.«

Die Dolmetscherin ignorierte meinen Einwand und schmatzte weiter an ihren Würmern herum. Der Kommissar murmelte ein paar Worte, bevor er sich die nächste Spinne griff.

»Der Kommissar möchte gerne wissen, ob ihnen bekannt ist, dass Herr Marten homosexuell war. Wir haben einschlägige Magazine und Fotos in seinem Zimmer gefunden.«

»Verdammt noch mal, was soll das? Was spielt das für eine Rolle? Oder vermuten Sie etwa, der Hoteldieb hatte ein Schäferstündchen mit Stefan und ihn danach ermordet?«

Ich spürte einen zweiten Stich am anderen Bein und schlug zu. Als ich meine Hand wieder nach oben nahm, war sie blutverschmiert. Hastig wischte ich sie an der Serviette ab.

»Der Herr Kommissar meint, dass das eine interessante Theorie ist. Aber probieren Sie doch bitte das Kobrafleisch in Ihrer Suppe. Eine köstliche Spezialität des Hauses.«

Voller Ekel und Wut schob ich die Suppenschale so heftig beiseite, dass sie klirrend zu Boden ging und zersprang.

Der Koch kam hinter der Theke hervorgeschossen, fegte die Scherben zusammen und wischte die Suppenreste weg. Er sah den Kommissar fragend an. Der schüttelte den Kopf.

Die Dolmetscherin hörte auf zu schmatzen und musterte mich verwundert. Der Kommissar sagte etwas.

»Der Kommissar möchte wissen ...«

»Wenn Sie noch einmal sagen ›der Kommissar möchte wissen‹ bringe ich Sie um«, schrie ich sie an.

Das Insekt aus der Ritze lugte wieder hervor, zog seine spindeldürren Beinchen nach und stakste über den Tisch, direkt auf mich zu.

Der Kommissar zog ein Foto aus seiner Manteltasche und hielt es mir entgegen.

Die Dolmetscherin atmete tief durch, bevor sie ihre nächste Frage stellte. »Kennen Sie den Mann auf dem Bild?«

Ich antwortete nicht.

»Haben Sie das Bild vorher schon einmal gesehen?«

Ich schwieg und krallte meine Finger in das weiche, alte Holz, bis sie schmerzten.

»Der Kommissar möchte, dass ich ihnen vorlese, was auf der Rückseite des Fotos steht.«

»Nein!«

Das widerliche Insekt hatte die Stelle erreicht, an der vorher meine Suppe gestanden hatte. Ich schlug das Tier mit der Faust zu Brei. Das Knacken des Chininpanzers erinnerte mich an eine Knallerbse, und ich lachte auf, lachte so laut, dass die Köche hinter der Theke zusammenzuckten und irritiert zu uns hinüberschauten. Als ich nicht mehr lachen konnte, fing ich an zu weinen. Zwischen zwei Schluchzern kratzte ich mich an den Beinen und pulte danach den blutigen Schorf unter meinen Fingernägeln hervor.

»Sie sind eine unbeherrschte Frau«, sagte der Kommissar. Und er sagte es auf Deutsch.

Fast zärtlich nahm er die letzte Spinne, die sich in seiner Schale befand, zwischen Daumen und Zeigefinger und blickte ihr prüfend in die toten Augen.

»Viele Vietnamesen sprechen und verstehen ein wenig deutsch. So auch der Hoteldieb, der im Nachbarzimmer von Herrn Marten zugange war. Durch die dünne Hotelwand konnte er hören, wie ein Mann und eine Frau sich heftig stritten. Ab und zu fiel ein Name. Helmut.«

Der ausdruckslose Blick des Kommissars wanderte von der Spinne mir.

»Auf der Rückseite des Bildes steht ›in Liebe, Dein Helmut‹. Sie erwähnten vorhin, dass Ihr Ehemann Helmut heißt. Ist er der Mann auf dem Foto?«

Ich schrie auf und schnappte mir die Spinnenschale in der Absicht, sie dem Kommissar an den Kopf zu schmettern. Sein Arm schoss vor, und ein eiserner Griff umschloss mein Handgelenk.

»Die Vermutung liegt nahe, dass Herr Marten Sie mit seiner Beziehung zu Ihrem Mann so provoziert hat, dass Sie Ihn aus Wut erschlagen haben.«

Ich sackte zusammen. Alles in mir war leer.

Der Kommissar ließ meinen Arm los. »Wo haben Sie die Statue entsorgt?«

»Es war eine Buddhastatue. Aus dem Fenster geworfen.«

Er runzelte die Stirn und schüttelte den Kopf.

»Ausgerechnet Buddha.«

Ein Polizeiauto fuhr vor. Der Kommissar verabschiedete sich von der Dolmetscherin und bedankte sich für ihre Hilfe.

Sie kicherte. »Ich weiß gar nicht, wozu sie mich eigentlich brauchen. Bei Ihrem perfekten Deutsch.«

Wir verließen das Restaurant. Der Kommissar hielt mir die Tür des Polizeiautos auf. Als ich einstieg, meinte ich zu spüren, wie seine unergründlichen Augen meinen Rücken durchbohrten. Er zwängte sich neben mich, und wir fuhren davon.

Beseitigung

Hastig schloss Rita die Tür auf. Sie blickte noch einmal zurück in den Garten, über dem sich die Dämmerung senkte wie ein graues Tuch. Dunkle Wolkenfetzen stoben am Himmel vorbei. der stürmische Herbstwind spritzte eiskalte Tropfen in ihr Gesicht und wirbelte die letzten Blätter auf dem Gehweg vor dem Haus auf. Rasch zog sie die Tür hinter sich zu und hinderte den frostigen Novemberwind daran, ihr in die Wärme des Hauses zu folgen. Rita zitterte, als sie die Regenjacke auszog und der nasse Stoff die nackte Haut ihres Oberarms berührte. An ihren Händen klebte noch Schlamm von den Gummistiefeln und der Schaufel, die sie im Schuppen mühsam von Erdklumpen befreit hatte. Sie ging ins Badezimmer und schrubbte ihre Hände, bis sie rot wurden. Im Schlafzimmer wechselte sie Hose und Pullover, klaubte die getragenen Kleidungsstücke zusammen und warf sie in die Waschmaschine. Einen Moment lang starrte sie durch die milchige Scheibe der Trommel, die sich zögernd zu drehen begann. Nur mühsam konnte sie sich vom Anblick der weißschaumigen Strudel abwenden.

In der Küche stellte sie den Wasserkocher an. Während Rita auf das Heißwerden des Wassers wartete, räumte sie das Weinglas, das noch in der Spüle stand, in die Geschirrspülmaschine und drückte den Startknopf. Der Aschenbecher auf dem Küchentisch verbreitete den muffigen Geruch kalten Rauchs. Sie leerte die Zigarettenstummel in den Abfalleimer, spülte den Aschenbecher aus und verstaute ihn im obersten Regal der Vitrine hinter den Vasen. Noch einmal überwand sie sich, das Haus zu verlassen, um die Abfalltüte in die Mülltonne zu werfen. Morgen früh würde der Müllwagen kommen. Im Flur fiel ihr Blick auf Erdkrümel, die undeutlich den Abdruck eines Schuhs formten und störend aus den hellen Wollfasern des Teppichs hervorstachen. Rita holte den Staubsauger aus der Abstellkammer und saugte die Krümel weg. Dann fuhr sie mit dem Staubsauger noch durch Küche und Wohnzimmer, nahm den Staubsaugerbeutel heraus und verstaute ihn in der Abfalltüte. Als Rita den Abfall in die Mülltonne vor dem Haus warf, blickte sie die Straße hinunter. Der Asphalt glänzte wie schwarzes Eis, und auf dem kleinen Beet vor ihrem Haus blieb der Schnee allmählich auf den letzten Blättern der Rosensträucher liegen. Verloren leuchteten die Fenster des fernen Nachbarhauses durch die Dunkelheit. Irgendwo rauschte ein Auto durch die Nacht. Sie zog sich aus der schneekalten Finsternis zurück ins Haus, holte einen Teebeutel und eine Tasse aus dem Küchenschrank und goss das Wasser auf. Im Wohnzimmer glomm noch Feuer im Kamin. Rita warf ein paar Holzscheite nach und kuschelte sich, die Hände an der Tasse wärmend, in den Sessel. Während sie vorsichtig an ihrer dampfenden Tasse nippte, verfolgte sie, wie das Holz allmählich Feuer fing, knackend und knisternd von Feuerzungen angeleckt wurde und schließlich loderte wie kleine gebändigte Blitze.

Vor dem Kamin lag ein Stück Papier. Sie hob es auf. Eine Quittung aus einem Baumarkt, den sie nicht kannte. Sie warf den Zettel in die Flammen und beobachtete, wie er zu grauer Asche zerfiel.

Die Nacht drang durch die Fensterfront, die zum Garten führte. Nasse Schneeflocken warfen sich an die Scheiben und perlten schmelzend ab wie kleine, glitzernde Tränen. Rita stand auf und zog den Vorhang zu. Unruhig ging sie wieder in die Küche. Dort hatte sich nichts verändert. Was hätte sich auch verändern sollen? Sie war allein im Haus - wie in all den Wochen, seitdem sie sich von Martin getrennt hatte. Fröstelnd nahm sie wieder ihren Platz vor dem Kamin ein.

Auf dem Kaminsims stand das alte Foto von Martin und ihr, das sie als letzte Erinnerung geduldet hatte.

Martins Augen strahlten ihr entgegen, blau schimmernd, lustig funkelnd, junge offene Augen, denen man nicht ansah, zu was der Besitzer dieser Augen in späteren Jahren fähig gewesen war. Nur der herablassend heruntergezogene Mundwinkel hätte eine frühe Warnung sein können. Rita nahm das Bild vom Kamin und wunderte sich über die Ruhe, mit der sie es betrachten konnte. Sie überlegte, wo sie es am besten verstauen sollte und entschied sich für die Wäschekommode, die im Keller stand und ein Sammelsurium aller Dinge enthielt, die sie als nutzlos aussortiert und dorthin verbannt hatte.

Als sie wieder ins Wohnzimmer zurückkehrte, fiel ihr Blick auf das Sofa. Sie stutzte. Von dem Schwarz des Lederbezugs stach etwas Winziges, gelb Schimmerndes ab. Sie trat näher und betrachtete das Härchen, das sich dort niedergelassen hatte, als beanspruche es diese Stelle immer und ewig für sich, so selbstverständlich und gewohnt. Mit spitzen Fingern hob sie es auf, schnippte es jedoch nicht einfach auf den Teppich, sondern zog den Vorhang auf, öffnete die Terrassentür einen Spalt breit und ließ das Härchen mit dem Wind in das Nichts der Nacht fortziehen. Für einen Augenblick meinte sie, eine Bewegung bei den Büschen am Gartenzaun zu sehen. Aber wer sollte dort sein, versuchte sie sich zu beruhigen. Sie atmete tief durch und sah noch einmal genauer hin. Nein, sie musste sich getäuscht haben. Dort draußen rührte sich nichts außer den zitternden Schatten der Zweige im Licht der Straßenlaterne.

Nachdem sie die Terrassentür geschlossen, den Vorhang zugezogen und sich wieder gesetzt hatte, fühlte sie sich sicher. Kein Mensch hatte sie heute besucht oder sich in der Nähe des Hauses aufgehalten - außer Martin, der sie nach der Arbeit abgepasst hatte und trotz ihres Einwands einfach zu ihr ins Auto gestiegen und mitgekommen war. Niemand wusste, dass er heute Nachmittag auf diesem Sofa gesessen und mit Geschichten über seine neue Freundin die Wunden wieder aufgerissen hatte, die schon langsam angefangen hatten, zu verheilen. Niemand wusste, dass er ihr gedroht hatte, das Haus – sein Haus! - zu fordern, wenn sie sich von ihm scheiden ließ. Niemand wusste von dem merkwürdig bitteren Beigeschmack des Weines, den sie ihn vorgesetzt und den er zwischen hastigen Zigarettenzügen in sich hineingekippt hatte. Und niemand würde Martin in einem langsam zufrierenden Erdloch am Ende des Waldes vermuten.

Alle Spuren waren beseitigt.

Winzertod

Nach einem Blick aus dem Fenster verzichtete Kommissar Bäuerle darauf, seine Jacke anzuziehen. Er stopfte sie in den Rucksack. Es war Mitte Oktober, aber die Sonne strahlte, als ob der Sommer niemals enden würde. Gerade, als er die Bürotür hinter sich zuziehen wollte, klingelte das Telefon auf seinem Schreibtisch. War das der Pathologe, auf dessen Anruf er den ganzen Nachmittag gewartet hatte? Wenn er abnahm, war der Ärger zu Hause vorprogrammiert. Seine Frau Anette hatte für neunzehn Uhr einen Tisch im idyllisch am Neckar gelegenen Restaurant Maruba zum Probeessen für die Einschulungsfeier ihres Sohnes Florian reserviert. Dabei hatten sie schon so oft in dem Lokal gegessen, dass sie die Speisekarte auswendig kannten - wozu dann noch probieren?

Was die Einschulung betraf, war er darüber entsetzt gewesen, dass Anette sämtliche Omas, Opas, Tanten und Onkel mit Anhang eingeladen hatte. Der Einwand, dass die Turnhalle der Pestalozzi Grundschule aus allen Nähten platzen würde, wenn jeder Erstklässler seinen ganzen Verwandtenpulk mitbrächte, hatte Anette nicht von der Planung einer Großveranstaltung abgehalten.

»Dann werden eben alle außer uns und den Großeltern vor der Schule warten«, hatte sie pragmatisch entschieden.

Soweit Bäuerle sich erinnerte, hatte ihn bei seiner Einschulung nur die Mutter begleitet und danach für sie beide Linsen mit Spätzle gekocht.

Das Telefon klingelte unbarmherzig. Bäuerle sah auf die Uhr. Viertel vor sieben. Er streifte den Rucksack wieder ab und griff zum Hörer.

»Grüß Sie Bäuerle, Sie Schwabenmigrant!« Das dröhnende Lachen Doktor Steinrads drang durch die Leitung.

»Da haben Sie mir ja ein pathologisches Lehrstück à la carte geliefert; von der Sorte könnte ich noch mehr für meine Studenten brauchen.« Steinrad gab ein fröhliches Gebell von sich, was Bäuerle äußerst unpassend fand.

»Vielen Dank für Ihren Anruf, Doktor Steinrad.« Bäuerle bemühte sich, höflich zu bleiben. »Haben Sie herausgefunden, an was der Mann gestorben ist?«

»Endgültig noch nichts Offizielles, aber gell, das wissen sie ja, da müssen wir ein wenig mehr herumschnippeln.« Steinrad gackerte, als hätte er den Witz des Monats erfunden. »Wir haben drei mögliche Todesursachen, wovon zumindest eine auf Fremdverschulden weist. Jetzt geht es uns wie bei einer Quizshow: An was ist der Mann gestorben? Wählen Sie A, B oder C.« Das Gackern ging in ein Wiehern über.

»Drei Todesursachen? Können Sie mir das näher erläutern?« Der Fall, der an diesem Morgen mit dem Auffinden der Leiche eines alten Mannes im Brunnen des Mannheimer Wasserturms begonnen hatte, wurde immer verwirrender.

Zuerst hatten sie den Toten für einen im Vollsuff ertrunkenen Obdachlosen gehalten. Dem widersprachen jedoch seine ordentliche Kleidung und das frisch rasierte Gesicht. Da der Mann keine Papiere bei sich trug, schickte Bäuerles Assistentin Lena - eine resolute Odenwälderin, die von ein paar Kollegen aufgrund ihres Körperumfangs den Spitznamen »Weinfass« erhalten hatte - ein Foto des Toten an die Polizeireviere rund um Mannheim, woraufhin sich eine Kollegin aus Bad Dürkheim meldete.

»Das ist eindeutig der Adolf Krüger aus Freinsheim. Fünfundsiebzig Jahre, ehemaliger Winzer. Zufälligerweise war gestern mein Kollege bei seiner Frau. Sie behauptete, ihr Mann würde leblos im Keller liegen. Jürgen, also der Kollege Klotzbach, hat bei ihr jedoch weder einen lebenden noch einen toten Krüger angefunden. Da kommt er ja - also nicht der Krüger, sondern der Jürgen.« Bäuerle hörte leises Getuschel im Hintergrund.

»Ich gebe Sie mal weiter. Jürgen, also der Herr Klotzbach, kann Ihnen bestimmt mehr berichten.«

Kurz tutete es in der Leitung. Dann meldete sich eine tiefe, gemütliche Stimme mit leicht lallenden Zungenschlag, der, wie Bäuerle mittlerweile wusste, mit der Liebe der Pfälzer zu ihrem Wein zusammenhing.

»Klotzbach, Was wolle Se denn wisse?«

Der Mannheimer Leichenfund entlockte dem Bad Dürkheimer Kollegen ein knapp erstauntes »So was aber auch.« Bäuerles Bitte um Informationen über Herrn Krüger und den gestrigen Vorfall mit dessen Frau kam er ausführlich nach.

»Der Krüger kelterte nur noch für den Eigenbedarf. Die besten Lagen lässt der alte Grantler verwildern, weil er die niemanden gönnt. Überhaupt ist der Krüger ein unangenehmer Mensch, beschwert sich über alles und jeden. Wenn da jemand nur eine Traube von seinen Rebstöcken pflückt, erstattet er Anzeige wegen Diebstahl. Der hat es sich schon mit der ganzen Stadt verdorben.« Ein Schlürfen drang durch das Telefon. Bäuerle stellte sich den Kollegen vor, wie er da saß, mit dickem Bauch, wohligen Grinsen im Gesicht und einem Dubbeglas mit Weinschorle in der Hand.

»Gestern Mittag meldete sich seine Frau völlig aufgelöst bei meiner Kollegin. Ihr Mann würde leblos auf der Kellertreppe liegen. Ich bin sofort hin, habe versucht, Frau Krüger zu beruhigen und dann den Keller durchsucht. Keine Spur von einer Leiche, kein Blut, rein Garnichts. Frau Krüger meinte, ihr Mann hätte nach dem neuen Wein sehen wollen. Die Tür zum Weinkeller, wo die Fässer lagern, stand offen. Aber wie gesagt, Herr Krüger war nirgendwo zu finden.« Nach einem erneuten Schlürfen wurde Klotzbachs Stimme vertraulich. »Wissen Se, die alte Frau wirkt in letzter Zeit oft ein bisschen verwirrt, wenn man sie trifft. Fortschreitende Demenz, würde ich mal behaupten. Ich habe die ganze Gegend nach Herrn Krüger abgesucht, alle einschlägigen Weinstuben abgegrast und bei den Nachbarn und Bekannten geklingelt. Niemand hatte ihn gesehen. Ich riet der guten Frau, einen Tag abzuwarten und dann eine Vermisstenanzeige aufzugeben. Das hat sich ja nun erledigt. Ich vermute, sie hat vergessen, dass ihr Mann etwas Amtliches oder Geschäftliches in Mannheim zu erledigen hatte. Vielleicht ist er ja überfallen worden, das kommt bei euch in der Großstadt ja häufiger vor.«

Klotzbach erklärte sich bereit, mit Bäuerle zusammen Frau Krüger die Nachricht vom Tod ihres Mannes zu überbringen, und sie verabredeten sich auf dem Hof der Krügers.

Als Bäuerle dort eintraf, sammelte die frische Witwe gerade mühsam gebückt vor dem Haus unter einem ausladenden Kastanienbaum Maronen auf. Sie schaute nicht einmal hoch, als er ihr sein Beileid ausdrückte. Erst, nachdem kurz darauf Klotzbach in den Hof einfuhr, wischte die Frau ihre hageren Hände an der Kittelschürze ab und musterte Bäuerle unsicher mit sanften, rehbraunen Augen, die seltsam jung in dem zerfurchten Gesicht wirkten.

Klotzbachs Äußeres entsprach der Vorstellung, die sich Bäuerle von ihm während des Telefonats gemacht hatte. Die Statur kam der seines Landsmannes Helmut Kohl in nichts nach. Sein sonnengegerbtes Gesicht versteckte sich hinter einem leicht angegrauten Vollbart. Der Geruch seines Atems zeugte davon, dass sich Bäuerle auch bezüglich der Weinschorle nicht geirrt hatte.

»Trinke mer erscht mal einen«, schlug Klotzbach vor, woraufhin Frau Krüger die beiden Männer wortlos in die gute Stube führte und mit Pfälzer Riesling versorgte. Bäuerle nippte nur halbherzig an seinem Glas. Ihm war dieser Wein zu trocken, und er lehnte es eigentlich ab, während der Arbeitszeit zu trinken.

Nur zögerlich beantwortete Frau Krüger seine Fragen zu den gestrigen Ereignissen.

»Wahrscheinlich habe ich mich getäuscht«, flüsterte sie und schielte zu Klotzbach hinüber. »In letzter Zeit lässt mich mein Gedächtnis ab und zu in Stich.«

»Sollen wir jemanden benachrichtigen, der sich um Sie kümmert - haben Sie vielleicht Kinder?«, fragte Bäuerle.

Eine unbehagliche Stille breitete sich aus, bevor Frau Krüger stockend antwortete. »Mein Sohn ist tot. Und von meiner Tochter habe ich schon lange nichts mehr gehört.«

»Ist ja gut.« Klotzbach tätschelte beruhigend ihre zitternden Hände. »Sie werden schon nicht allein gelassen.«

Bäuerle bat um eine Haus-, Hof- und Kellerführung, in der Hoffnung, dass ihm etwas auffiel, was Klotzbach entgangen war. Im Keller roch es stark nach gärendem Wein. Es gab keine Lüftung, wie es eigentlich vorgeschrieben war. Daher schien es durchaus möglich, dass Herr Krüger hier unten aus Sauerstoffmangel das Bewusstsein oder gar das Leben verloren hatte. Direkt hinter der Tür zum Weinkeller lag eine Kerze auf dem Boden. Seit wann sie sich dort befand, wusste Frau Krüger nicht. Ansonsten gab es keinerlei Anzeichen, dass ihr Mann sich hier in letzter Zeit aufgehalten hatte.

Auf dem Bad Dürkheimer Polizeipräsidium versorgten ihn die Kollegen mit Aktenkopien, die von der regen Klagetätigkeit Herrn Krügers zeugten. Nach seiner Rückkehr in Mannheim hatten Bäuerle die seltsamen Umstände des Falls keine Ruhe gelassen. Handelte es sich überhaupt um einen Mord? Möglicherweise war der alte Herr aufgrund eines Schwächeanfalls ins Wasser gefallen, wofür er allerdings über den massiven Brunnenrand hätte steigen müssen - und was auch nicht die Würgemale an seinem Hals erklärte. Was hatte der alte Herr Krüger überhaupt am Wasserturm zu suchen gehabt? War er vielleicht doch in seinem Weinkeller gestorben? Aber wie kam dann seine Leiche nach Mannheim?

Und jetzt präsentierte ihm der Pathologe auch noch drei Todesursachen!

»Ursache Nummer eins«, dozierte Doktor Steinrad genüsslich. »Ersticken. Aber nicht durch Wasser, sondern durch Mangel an Sauerstoff. Sie hatten ja den unbelüfteten Weinkeller und die gärenden Träubchen erwähnt - da hatte ich vor einiger Zeit einen ähnlichen Fall, ein sturzbesoffener Winzer in Erpolzheim, der in seinem Keller eingeschlafen war. Die Lüftungsanlage war kaputt, und das war sein weinseliges Ende. Es gibt schlimmere Tode.« Steinrad bellte so laut in den Hörer, dass Bäuerle sein Telefon weiter weg vom Ohr halten musste.

»Ursache Nummer zwei:«, fuhr der Pathologe fort, »Etwa ein Promille Alkohol und dazu noch Barbiturate im Blut. Der Alkoholpegel dürfte für einen Pfälzer Normalzustand sein. Phenobarbital hingegen kommt gemeinhin bei Ehemännern vor, die ihren Frauen zur Last fallen.« Erneut erklang Steinrads Beste-Witz-des-Jahres Dröhnen. »Todesursache Nummer drei: Ausgeprägte Hämatome am Hals, begleitet von leichten Kratzern, die auf kurz geschnittene Fingernägel hinweisen. Der Größe der blauen Flecken nach zu urteilen, hat da jemand mit großen Pranken kräftig zugedrückt.«

»Und was hat ihn umgebracht?«, fiel Bäuerle dem Pathologen ins Wort, bevor dieser zu einem weiteren Scherz ansetzen konnte.

»Selbstverständlich die Würgerei, lieber Bäuerle.«
Steinrads Stimme sprühte vor ironisch spöttischen
Tadel. »Bei Ihrer Berufserfahrung müssten Sie eigentlich
wissen, dass Sie solche schönen Hämatome wie bei
Ihrer Leiche postmortal nicht mehr zustande
bekommen.«

Natürlich, das hätte ihm klar sein müssen. Bäuerle
versuchte, den Ärger über sich selbst, aber auch den
über den arroganten Pathologen zu verdrängen, was
ihm nur schwer gelang.

»Für konkretere Aussagen sind noch mehr Analysen
notwendig. Gestorben ist Ihr Brunnenschwimmer mit
hoher Wahrscheinlichkeit gestern am frühen Nachmittag. Ich wünsche Ihnen einen schönen Feierabend.«

Kaum hatte Steinrad aufgelegt, klingelte es schon
wieder, diesmal allerdings Bäuerles Handy.

»Wo bleibst du denn?« Anettes Stimme vibrierte
gefährlich. »Es ist schon kurz nach sieben. Wir sollten
längst im Restaurant sein.«

»Tut mir leid, aber ich habe da einen seltsamen
Todesfall.«

»Immer ist dir die Arbeit wichtiger als die Familie!«,
fiel ihn Anette aufgebracht ins Wort. »Vermoder doch
zwischen deinen Leichen! Ich finde schon jemand ande-

ren, der mit mir zum Essen geht!« Abrupt unterbrach sie die Verbindung.

Seufzend setzte Bäuerle sich an den Schreibtisch und starrte auf die Notizen, die sich im Laufe des Tages angesammelt hatten.

Wer hatte ein Interesse daran, Herrn Krüger umzubringen? Seine Frau musste sehr unter ihm gelitten haben. Sie hätte ihn durchaus im Weinkeller einschließen und ihm heimlich Schlaftabletten verabreichen können. Aber die massiven Spuren am Hals konnte nur ein kräftigerer Mensch als Frau Krüger verursacht haben.

Die Kinder der Krügers gingen ihm durch den Kopf. Ob Lena noch da war? Bäuerle rief sie an und hatte Glück. Nachdem er ihr die neuesten Entwicklungen in dem Fall geschildert hatte, bat er sie, so viel wie möglich über den Sohn und die Tochter der Krügers herauszufinden.

»Ich mache mich gleich an die Arbeit«, erwiderte Lena eifrig. So etwas wie Feierabend schien die junge Frau nicht zu kennen.

Bäuerle nahm sich die Kopien der Strafanzeigen und Beschwerden vor, die er aus Bad Dürkheim mitgenommen hatte. Er bekam den Eindruck, dass es niemanden in Freinsheim und Umgebung gab, der Herrn Krüger nachtrauern würde. Der Mann hatte jede Chance genutzt, anderen Menschen Schwierigkeiten zu bereiten und sie zu quälen. Eine Nachbarin war gezwungen, aufgrund seiner Anzeige ihren Hund einschläfern lassen. Die Einrichtung eines Waldkindergartens in der Nähe des Hofes wurde durch seinen Einspruch verhindert. Straßen und Wanderwege mussten um die Krügerschen Grundstücke herum mäandern.

Bäuerle schüttelte den Kopf und rieb sich die müden Augen. Etwa fünfzehn Namen in den Kopien und Notizen hatte er unterstrichen - Personen, die Gründe hatten, sich aus Wut an Herrn Krüger zu rächen - aber ob ihre Gründe auch ausreichten, einen Menschen umzubringen? Nichtsdestotrotz, er würde sie morgen genauer unter die Lupe nehmen müssen.

Ob Anette mit einer spontan eingesprungenen Freundin zum Essen gegangen war? Er verspürte Hunger und beschloss, am Maruba vorbei zu radeln. Vielleicht würde sein - wenn auch zu spätes - Erscheinen Annettes Ärger dämpfen.

Nachdem er das Fahrrad vor dem Restaurant abgeschlossen und die Gaststube betreten hatte, sah sich Bäuerle suchend um. Schließlich erspähte er Anette an einem der begehrten Fensterplätze. Ihr gegenüber saß ihr Nachbar Kurt Friedmann. Die beiden sahen sich tief in die Augen und hielten Händchen. Kurts Frau Gabi war Annettes beste Freundin. Man lud sich gegenseitig zum Grillen ein, die Kinder spielten miteinander, und Bäuerle unternahm mit Kurt regelmäßig Rennradtouren im Odenwald. Entgeistert überlegte er, ob er sich einfach umdrehen und verschwinden sollte, aber da hatte Anette ihn schon entdeckt. Erst starrte sie ihn erschrocken, dann herausfordernd an. Auch Kurt drehte sich zu ihm um. Der Nachbar stand auf und kam mit verlegenen Gesichtsausdruck auf ihn zu.

»Hallo Erwin, es ist nicht so, wie du vielleicht denkst...«

»Doch, genau so ist es!«, brauste Anette auf, die plötzlich neben ihnen stand. Ihre frostige Stimme traf Bäuerle bis ins Mark. »Es hat keinen Sinn mehr mit uns beiden. Nie bist du da, wenn man dich braucht. Kurt geht es mit Gabi und ihren ewigen Dienstreisen ähnlich. Wir wollen uns beide scheiden lassen.«

»Dann wünsche ich euch noch einen schönen Abend«, presste Bäuerle hervor und verließ das Restaurant, so schnell er konnte.

Zuhause schnarchte Marie - eine Schülerin, die sie gelegentlich zum Babysitten engagierten - auf der Couch vor dem laufenden Fernseher. Bäuerle huschte an ihr vorbei ins Schlafzimmer. Er packte eine Reisetasche und schlich wieder hinaus. Im Polizeipräsidium gab es Feldbetten, für alle Fälle. Zwar nicht für diesen, aber das war im Moment egal.

Nachdem er sich am nächsten Morgen mit schmerzendem Rücken erhoben und frisch gemacht hatte, holte Bäuerle beim Bäcker um die Ecke Kaffee und Croissants. Er versuchte, sämtliche Gedanken an sein marodes Privatleben zu verdrängen und setzte sich an den Schreibtisch, auf dem ein Briefumschlag von der Pathologie lag. Steinrad musste die Nacht durchgearbeitet haben. Allerdings brachte sein Bericht keine neuen Erkenntnisse, die Bäuerle weitergeholfen hätten. Es war davon auszugehen, dass Krüger zum Zeitpunkt des Würgens sowohl aufgrund des Sauerstoffmangels als auch der Barbiturate bewusstlos gewesen sein musste. Das Schlafmittel in Krügers Blut wurde schon seit Längerem nicht mehr verschrieben. Eine Nachfrage bei den regionalen Ärzten und Apothekern erübrigte sich damit. Bäuerle verständigte die Spurensicherung und wies darauf hin, den Keller genauestens unter die Lupe zu nehmen. Die Kerze fiel ihm ein. Falls Herr Krüger tatsächlich im Keller gewesen war, hatte er sie möglicherweise zum Prüfen des Sauerstoffgehalts mitgenommen. Nachdem sie erloschen war, hätte er ohne Problem den Keller rasch verlassen können - es sei denn, jemand hatte die Tür hinter ihm verschlossen. Oder hatte er wegen des Schlafmittels nicht mehr rechtzeitig reagieren können?

Es lag nahe, Frau Krüger zu verdächtigen, aber sie konnte den Mord nicht alleine ausgeführt haben. So kraftlos und schwach wie die Frau auf Bäuerle gewirkt hatte, konnte sie die Hämatome am Hals des Opfers nicht verursacht haben. Und erst recht schien es unmöglich, dass sie alleine die Leiche ihres Mannes in einem Auto verstaut und dann nach Mannheim transportiert hatte. Und wieso hatte man die Leiche nicht einfach im Rhein oder in einem Loch irgendwo im Pfälzer Wald verschwinden lassen? Wer kam für diese seltsame Aktion in Betracht? Die Tochter? Oder ein heimlicher Liebhaber? Bäuerle bezweifelte, dass es einen gab.

Sein Handy klingelte.

»Wir tun so, als ob nichts geschehen ist, zumindest bis zur Einschulung.« Annettes frostige Stimme riss Bäuerle aus den Gedanken. »Du kommst gefälligst heute Abend heim, die Kinder haben schon nach dir gefragt. Und nach der Einschulungsfeier werden wir uns mit

Friedmanns zusammensetzen und diskutieren, wie es weitergeht.«

»Wie was weitergeht? Was stellst du dir vor? Partnertausch oder ein heißes Sexleben zu viert? Tut mir leid, ohne mich. Ich finde Gabi nett, aber sie ist nicht mein Typ.«

»Hör auf mit dem Blödsinn. Wir werden uns scheiden lassen, und danach wollen Kurt und ich zusammenleben. Ich bitte dich, an die Kinder zu denken, also keine peinlichen oder aggressiven Szenen!«

»Und was ist mit mir? Und Gabi?« Zu spät merkte Bäuerle, dass er ins Telefon brüllte.

»Beruhige dich erst einmal. Wir sehen uns heute Abend.« Anette legte auf.

Bäuerle starrte sein Handy an. Er hatte es irgendwie geahnt. Schon seit Längerem lebten sie nur noch nebeneinander her. Dass sie sich mit Kurt, einem seiner besten Freunde, eingelassen hatte, schmerzte mehr als das Ende ihrer Ehe.

Bevor sein Selbstmitleid überhandnahm, schob Lena ihre gewaltige Körpermasse ins Zimmer und drückte ihm einen Ordner in die Hand.

»Hier sind die Infos zu den Kindern der Krügers, die du angefragt hast. Ich muss gleich weiter. Der Chef hat mir aufgedrückt, die Abteilungssitzung vorzubereiten.«

Bäuerle fluchte. Die Sitzung hatte er vergessen. Er nutzte die kurze Zeit, die ihm noch blieb, um Lenas Informationen zu überfliegen. Zu dem Sohn, Horst Krüger, hatte sich wenig, dafür jedoch Brisantes gefunden. Er hatte an seinem achtzehnten Geburtstag nach einem Streit mit dem Vater die Sachen gepackt und das Haus verlassen. Nicht die Eltern, sondern sein Deutschlehrer meldete ihn drei Tage später als vermisst. Ein Bahnhofsangestellter gab an, dass der Junge bei ihm eine Fahrkarte nach Amsterdam gekauft hatte. Erst fünf Jahre später gab es wieder ein Lebenszeichen: In Bremerhaven wurde ein Haftbefehl gegen ihn erlassen, nachdem er bei einer Schlägerei einen Mann so schwer verprügelt hatte, dass dieser an den Folgen der Verletzungen starb. Horst Krüger wurde nie gefasst. Zwei Jahre nach diesem Ereignis meldete eine liberianische Reederei, dass er vor der Küste Südafrikas bei der Arbeit auf einem Containerschiff tödlich verunglückt war. Damit endete die Akte Horst Krüger, und Bäuerle wandte sich der Tochter zu.

Inga Krüger, zweiundvierzig Jahre, lebte seit zwanzig Jahren in Mannheim und war - Bäuerle stutzte - als Prostituierte registriert. Sie wohnte im Stadtteil Jungbusch, was bei diesem Beruf nicht überraschte. Bäuerle lehnte sich zurück und griff sich an die Stirn, hinter der sich ein wohlbekannter Spannungsschmerz breitzumachen begann. Die Krügers und die Affäre zwischen Anette und Kurt vermischten sich in seinem Kopf zu einem dunklen Brei aus maroden Familienverhältnissen, der Übelkeit in ihm aufsteigen ließ. Mühsam riss er sich zusammen. Er holte sich ein Glas Wasser, nahm eine Aspirin aus dem stets gefüllten Vorrat in der Schublade seines Schreibtisches, klappte den Ordner zu und begab sich zu der Abteilungssitzung.

Die nächsten zwei Stunden dehnten sich wie Kaugummi um Organisationsfragen. Bäuerle hörte kaum zu. Allmählich bekam er das Pochen hinter seiner Stirn wieder in Griff. Zurück in seinem Büro, wählte er als Erstes die in den Akten vermerkte Telefonnummer von Inga Krüger.

Eine verschlafene Frauenstimme meldete sich.

»Hallo, hier Inga. Ich habe eigentlich schon Feierabend, aber gegen einen kleinen Aufpreis...«

»Nein, das ist ein Mißverständnis«, unterbrach sie Bäuerle. »Bäuerle am Apparat, Kripo Mannheim. Erst einmal herzliches Beileid zum Tod Ihres Vaters. Aufgrund der Umstände muss ich Sie bitten, zu uns auf das Revier zu kommen, um ein paar Fragen...«

»Der alte Griesgram ist tot?« Inga Krüger klang überrascht.

»Wussten Sie das nicht?« Bäuerle räusperte sich peinlich berührt. Er war davon ausgegangen, dass die Mutter oder Kollege Klotzbach die Tochter benachrichtigt hatten.

»Es tut mir leid, ich wusste nicht, dass Sie noch nicht informiert wurden«, stotterte er verlegen.

»Keine Ursache. Was halten Sie von zwölf Uhr in der Weinstube im Luisenpark? Da können wir das schöne Wetter besser genießen als in Ihren dunklen Verhörzimmern.« Ein leicht ironischer Unterton gab Inga Krügers Stimme einen professionell erotischen Touch.

Eigentlich hätte Bäuerle ihren Vorschlag ablehnen müssen. Ein gemütliches Mittagessen im Park mit einer Verdächtigen widersprach sämtlichen polizeilichen Gepflogenheiten. Bäuerle starrte auf den Aktenberg auf seinem Schreibtisch. Draußen lockte ein wunderbarer Herbsttag. Die Bäume auf dem Mittelstreifen der B37 leuchteten prächtig rot und gelb. Er schluckte. Dann sagte er zu.

Bäuerle wich vorsichtig dem Storch aus, der vor dem Eingang der Weinstube auf einem Stück Brezel herumstocherte. Der spitze Schnabel des Vogels flößte ihm Respekt ein. Er hatte immer versucht, seinen Kindern beizubringen, Abstand von den Tieren im Luisenpark zu halten, da er ihre Zutraulichkeit unnatürlich fand.

»Lass sie«, hatte Anette dagegen gehalten. »Unsere Kinder sollen doch ein vertrautes Verhältnis zur Natur bekommen.«

Seufzend schob er den Gedanken an seine Familie beiseite und sah sich im Außenbereich der Weinstube nach Inga Krüger um. Er erwartete eine verlebte, viel zu früh gealterte Frau mit aufgedunsenem Gesicht, zu tiefen Ausschnitt und zu grellen Kleidern. Was ihm jedoch kurz darauf gegenüber saß, erwies sich als zierliche brünette Schönheit in Jeans und unauffälligem schwarzen T-Shirt, der man ihr Alter nicht ansah. Ein dezenter Hauch von Veilchen umwehte sacht Bäuerles Nase, als die Frau ihm zur Begrüßung die Hand gab. Er registrierte, dass ihre sorgfältig manikürten rotlackierten Fingernägel so spitz waren, dass sie bei Würgeversuchen garantiert fette blutige Spuren hinterlassen hätten.

»Die Nummer elf bitte, und den Saumagen«, bestellte Inga Krüger.

»Und der Herr?« Bäuerle hatte noch keine Zeit gehabt, die Karte in Ruhe zu studieren. Nummer elf? Er sah, dass die Weine hier durchnummeriert waren und es sich bei der Elf um einen trockenen Riesling handelte. Gegen sein Prinzip, während der Arbeitszeit nichts Alkoholisches zu trinken, bestellte er sich eine Weinschorle. Hunger hatte er auch, aber angesichts der noch immer herrschenden Hitze verspürte er keinen Appetit auf deftige Sauerkrautgerichte und wählte den Vesperteller. Als kurz darauf die Getränke kamen, musste er feststellen, dass die Schorle bezüglich des Alkoholgehalts nicht unbedingt eine gute Wahl gewesen war. Sein Glas war um einiges größer als das von Inga Krüger, und er hatte vergessen, dass die Pfälzer - zu denen sich die Mannheimer als Kurpfälzer ebenfalls zählten - höchstens einen Hauch von Wasser in eine Schorle zu gießen pflegten. Nach dem ersten Schluck verzog er das Gesicht. Forzdrogge, würde Lena sagen. Er bestellte sich bei der Bedienung eine zusätzliche Flasche Mineralwasser.

»Mein Vater ist nun endlich von uns gegangen«, begann Inga Krüger das Gespräch. »und das, wenn ich

Ihre Andeutungen richtig verstanden habe, unter verdächtigen Umständen. Wie und wann ist er denn gestorben?«

»Sagen Sie mir erst, wo sie sich vorgestern tagsüber aufgehalten haben und wer das bezeugen kann.« Bäuerle verschanzte sich hinter seinem Notizbuch. Inga Krüger lachte. Es war ein schönes Lachen, das Bäuerle warm den Rücken hinunterlief. Wäre diese Frau nicht eine Tatverdächtige, könnte dieses Essen einfach ein nettes Date mit einer gewissen Aussicht sein, gegen die er angesichts seiner aktuellen ehelichen Situation nichts einzuwenden gehabt hätte. Krampfhaft versuchte er, sich wieder auf den Fall zu konzentrieren.

»Natürlich, Sie wissen über unsere Familienverhältnisse Bescheid. Rache für all die Demütigungen und Schläge, die mein Vater reichlich ausgeteilt hat - es gibt wohl kaum ein einleuchtenderes Motiv.« Für einen Moment wirkte sie so traurig, dass Bäuerle den Drang widerstehen musste, sie in den Arm zu nehmen und zu trösten.

Inga Krüger atmete tief durch und trank einen Schluck Wein. »Gestern habe ich bis acht geschlafen und dann einen Stammkunden bis um elf bedient. Er wird gerne bereit sein, das zu bezeugen - ein lieber Mensch mit großem Geldbeutel, der eher jemanden zum Reden als zum Sex sucht.«

Das Essen kam. Sie begann, mit der Gabel im Sauerkraut herumzustochern, während Bäuerle ein viel zu weiches Butterstück aus der Verpackung puhlte.

»Danach bin ich mit Mario - das ist mein Freund und Geschäftspartner - zum Frühstücken in die Konditorei Herrdegen gegangen. Wir sind dort Stammgäste, die Bedienung wird sich sicher an uns erinnern. Nach dem Essen hat mich Mario nach Hause gefahren. Ich habe einen Mittagsschlaf gemacht und die Wohnung aufgeräumt. Um vier Uhr nachmittags war ich mit einer Freundin im Eiscafé Fontanella verabredet. Ich kann Ihnen gerne ihre Telefonnummer und Adresse geben.« Bäuerle notierte sich beides.

»Gegen halb sechs bin ich wieder heimgegangen. Mario kam vorbei, und wir haben noch eine Kleinigkeit zu Abend gegessen. Um zehn begann meine Arbeit in der Lolita Bar. Dort war ich bis gestern Morgen um vier. Reicht das fürs Erste?«

Bäuerle nickte, während er seine Notizen vervollständigte.

»Aber jetzt müssen Sie mir erzählen, was mit meinem Vater passiert ist.« Auffordernd sah sie Bäuerle an.

»Ihr Vater wurde vermutlich ermordet. Genaueres darf ich Ihnen aus ermittlungstechnischen Gründen nicht sagen.« Bäuerle verkniff sich die Bemerkung, dass allein schon ihre Zusammenkunft außerhalb der Diensträume und ohne Hinzuziehung eines Kollegen ihn in Teufels Küche bringen konnte. »Interessiert Sie gar nicht, wie es Ihrer Mutter geht?«

Wieder lachte Inga, aber diesmal hatte das Lachen einen hässlichen Unterton. »Reden wir nicht über Mutter. Sie hat uns nie beigestanden, sondern immer zum Vater gehalten.« Inga Krüger wich Bäuerles Blick aus und beobachtete eingehend einen Spatzen, der unter ihrem Tisch Krümel aufpickte. »Bei allem, was mein Bruder und ich ertragen mussten, hat sie nur daneben gestanden und geschwiegen. Vor etwa drei Jahren bin ich aus Neugier nach Freinsheim zu unserem Hof gefahren. Vater hat mich gar nicht erst ins Haus gelassen, sondern mir die Tür vor der Nase zugeschlagen. Die Mutter habe ich danach beim Einkaufen abgepasst. Sie kam mir reichlich verwirrt vor und schlug mein Angebot, ihr zu helfen, ab.« Sie schüttelte den Kopf. »Ich glaube, sie fing damals an, dement zu werden. Seitdem hatte ich keine Lust mehr, meine Eltern zu sehen.«

»Und was ist mit Ihrem Bruder?« Inga Krüger sah ihn überrascht an. »Ich habe über Bekannte von seinem Tod erfahren. Das ist aber schon eine Weile her. Es hat mich sehr traurig gemacht.«

»Hat er vor seinem Tod nie versucht, Kontakt zu Ihnen aufzunehmen?«

»Nein.«

»Und Sie haben auch nie nach ihm gesucht?«

Inga Krüger seufzte. »Wo hätte ich denn suchen sollen? Internet und soziale Medien waren vor fünfzehn Jahren noch nicht so verbreitet. Nachdem ich über Bekannte meiner Eltern, zu denen ich noch flüchtigen Kontakt hatte, von seinem Tod erfuhr, hatte sich das Ganze erübrigt.«

Sie bestellte einen zweiten Riesling und aß die Reste ihres Saumagens auf. Bäuerle biss nachdenklich in ein dick mit Schinken belegtes Bauernbrot.

»Ich kann Ihnen leider nicht weiterhelfen, insbesondere, da ich nicht weiß, was für Sie wichtig ist.« Inga Krüger zuckte mit den Achseln. »Wie gesagt, der letzte Kontakt zu meinen Eltern liegt schon eine Weile zurück. Ich lebe hier in Mannheim und bin - auch wenn Sie es vielleicht aufgrund meines Berufs nicht glauben - sehr glücklich und zufrieden. Größtenteils versorge ich nette

Stammkunden, mein Freund und ich lieben uns, und wir wollen demnächst heiraten. Was will ich mehr. Da kommt er ja!«

Bäuerle drehte sich um. Ein italienisch angehauchter Prachtkerl wich gerade elegant den herumstolzierenden Störchen aus und kam mit einem strahlenden Lächeln auf sie zu. Der Mann, der sich als Mario Rossi vorstellte, grüßte ihn freundlich und gab Inga Krüger einen zärtlichen Kuss auf die Wange.

Bäuerle winkte dem Kellner zum Zahlen und erhob sich.

»Leider muss ich Sie bitten, noch einmal zu uns aufs Revier zu kommen. Wir müssen ihre Aussagen noch protokollieren.«

»Ist das wirklich nötig?«

»Ihr Vater ist ermordet worden. Wie Sie vielleicht wissen, stehen Verwandte als Verdächtige immer im Fokus. Besonders bei dem Verhältnis, was zwischen Ihnen und Ihren Eltern herrschte, sollten Sie ein großes Interesse bezüglich eines hieb- und stichfesten Alibis haben.«

»Kein Problem, ich werde Inga gegen sechs vorbeibringen« mischte sich der Super Mario ein. »Dann kann ich gleich als Zeuge für ihr Alibi aussagen. Wir wollen doch keinerlei Verdacht dir gegenüber aufkommen lassen, nicht wahr, mia cara?«

Er lächelte Inga liebevoll an. Sie lächelte zurück und warf Bäuerle zum Abschied einen strahlenden Blick aus rehbraunen Augen zu, in dem Bäuerle eine Spur von Überheblichkeit verspürte.

Etwas machte »Klick« in seinem Kopf. Eine schwer fassbare, absurde Idee. Er musste einen reichlich komischen Gesichtsausdruck gemacht haben, denn Inga Krüger sah ihn fragend an. Hastig verabschiedete er sich und eilte zum Parkausgang.

Grübelnd schob Bäuerle sein Fahrrad am Neckarufer entlang Richtung Kurpfalzbrücke. Das war zwar nicht der direkte Weg zum Polizeipräsidium, aber er brauchte Zeit, um den ungeheuren Verdacht, der ihm gekommen war, zu verdauen. Die Sonne brannte unbarmherzig auf sein von der Weinschorle beneseltes Hirn. Auf der anderen Seite des träge hinfließenden Flusses ragte der Gebäudekomplex des Uniklinikums in den sommerblauen Himmel. Direkt daneben lockte die blühende Gartenterrasse des Restaurant Maruba. Bäuerle musste sich zwingen, nicht an Anette zu denken, wobei ihm die Ablenkung durch einen rabiaten Fahrradfahrer half, der ihn lautstark klingelnd fast über den Haufen fuhr. Als

Bäuerle im letzten Moment auswich, fand er sich in einer Gruppe Jogger wieder, die ihn rücksichtslos weg rempelten und beschimpften. Erschöpft ließ er sich auf der nächsten Parkbank nieder und schloss die Augen. Inga Krügers Abschiedsblick und der Moment, in dem Klotzbach die schmächtige Frau Krüger nach der Besichtigung des Kellers fürsorglich beim Aufstieg der Treppe gestützt hatte, verbanden sich über ein verwirrendes Knäuel aus losen Fäden zu einem undenkbaren Bild, das ihm nicht losließ.

Als er ins Büro zurückkam, war er dank eines beim Bäcker Grimminger in den Planken genossenen Kaffees wieder einigermaßen klar im Kopf.

Er rief Lena zu sich und berichtete ihr von dem Mittagessen im Luisenpark und dem Verdacht, der ihm danach gekommen war. Sie zog skeptisch die Augenbrauen hoch.

»Das klingt ziemlich an der Nase herbeigezogen, aber was solls, es kann ja nicht schaden, in der Vergangenheit dieses Herrn ein bisschen herumzuforschen. Mario Rossi werde ich auch unter die Lupe nehmen. Der Name kommt mir irgendwie bekannt vor.« Eifrig watschelte sie davon.

Ein erster Bericht der Spurensicherung lag vor. Im Küchenmülleimer der Krügers hatte die leere Schachtel eines Schlafmittels gelegen, dessen Haltbarkeitsdatum vor zehn Jahren abgelaufen war. Um die Kerze im Keller fanden sich Wachstropfen, die vermuten ließen, dass sie jemand aus Brusthöhe hatte fallen lassen. Die an der Tür gefundenen Fingerabdrücke wurden derzeit noch untersucht.

Knapp zwei Stunden später schob Lena ihren wuchtigen Körper in Bäuerles Büro und präsentierte die ersten Ergebnisse ihrer Recherche. »Mario Rossi ist vorbestraft wegen kleinerer Delikte wie Schieberei, Hehlerei und Zuhälterei. Mein Informant aus der Szene kennt ihn gut und meint, er wäre ein windiger Typ, der immer für ein lukratives Geschäft zu haben ist.«

Lena reichte Bäuerle das Blatt mit ihren Notizen. Ein zweites behielt sie in der Hand und betrachtete es stirnrunzelnd.

»Ich nehme an, das hier sollte vorläufig unter uns bleiben. Es war nicht leicht, an die Informationen zu kommen - der Dienstweg hätte hier gar nichts genützt. Dein Verdacht wird zumindest nicht widerlegt. Es gibt sogar ein paar Punkte im Lebenslauf, die ihn bestätigen könnten.« Sie gab Bäuerle das Blatt. »Die Mutter wohnt in Wilhelmsfeld, ein abgelegenes Dorf im Odenwald. Wenn du willst, können wir zusammen hinfahren, ich kenne die Gegend ganz gut.«

»Vielen Dank für das Angebot.« Nicht zum ersten Mal beglückwünschte sich Bäuerle, eine so eifrig mitdenkende Mitarbeiterin zu haben, bei der er sich jedoch fragte, wie sie die Sportprüfung für den Polizeidienst mit ihrer Körperfülle bestanden hatte.

»Aber ich möchte dich bitten, Inga Krüger und ihren Mario zu befragen, wenn sie nachher vorbeikommen. Ich bin mir sicher, die beiden wissen mehr über Herrn Krügers Tod, als sie mir vorhin im Luisenpark erzählt haben.«

»Wird gemacht.« Lena verstand sofort, worauf es ankam. Sinnend sah Bäuerle ihren die Tür ausfüllenden Hintern hinterher, als sie das Büro verließ.

Die ältere Dame, die Bäuerle kurz darauf in Wilhelmsfeld in ihrem Garten beim Beschneiden prächtig blühender Rosenbüsche antraf, hätte mit ihrer aufrechten Haltung, dem fast faltenlosen Gesicht und der schlichten, aber teuer wirkenden Kleidung kaum unterschiedlicher zu Frau Krüger sein können. Sie servierte Tee und Kekse auf der Veranda, wo sie sich von den letzten Sonnenstrahlen des Tages wärmen ließen.

Als Bäuerle sein Anliegen vortrug, huschte ein Schatten über ihr Gesicht.

»Der Betrug ist schon längst verjährt; Sie brauchen nichts zu befürchten«, versuchte Bäuerle, die Frau zu beruhigen.

Sie seufzte und rührte mit einem zierlichen Löffel ihren Tee um.

»Es ist eigentlich ein Wunder, dass dieses Geheimnis so lange verborgen blieb«, meinte sie. »In der heutigen Zeit, mit all dieser Bürokratie und den vielen technischen Möglichkeiten hätte es ja längst entdeckt werden können. Aber vermutlich hat es nie jemanden interessiert. Anfangs half es mir, über den Tod meines Sohnes hinwegzukommen. Aber mit den Jahren habe ich mich gefragt, ob ich nicht einen großen Fehler begangen habe.«

Als die Sonne sich langsam anschickte, hinter den Hügeln des Odenwaldes zu versinken, verabschiedete sich Bäuerle.

Die Frau gab ihm ein paar frisch geschnittene rote Rosen mit. »Darüber wird sich Ihre Frau sicher freuen.« Dankend nahm Bäuerle die Blumen entgegen und beschloss, sie Lena zu schenken.

Auf der Heimfahrt telefonierte er mit Klotzbach. »Könnten Sie Frau Krüger zu uns ins Präsidium bringen? Ja, heute noch. Gegen neunzehn Uhr.« Der Kollege wand ein, dass er gleich Feierabend hätte. Als Bäuerle erwiderte, er würde Frau Krüger dann eben selbst abholen, lenkte er ein und versprach, zu kommen und sie mitzubringen.

Dann rief Bäuerle Lena an. »Ist die Inga Krüger aufgetaucht? Sie sitzt noch vor dir? Und ihr Freund auch? Na prima. Behalte die beiden da, du kannst ja sagen, ich müsste sie dringend noch einmal sprechen.«

Wenn Bäuerle sich seiner Sache sicher gewesen wäre, hätte er jetzt vergnügt angefangen zu pfeifen. Aber noch wusste er nicht, ob seine Vermutung stimmte.

Viertel vor sieben traf er im Polizeipräsidium ein. Er schnappte sich die Akte Krüger, begab sich in den Besprechungsraum, in dem Inga Krüger und Mario Rossi, von Lena mit Kaffee und Keksen versorgt, ungeduldig auf ihn warteten.

»Was wollen Sie noch von uns?«, brauste Inga Krüger auf, als er den Raum betrat. »Ihre Kollegin hat uns den ganzen Nachmittag Löcher in den Bauch gefragt, und ich muss zur Arbeit!«

»Haben Sie noch etwas Geduld.«

Bäuerle setzte sich an den runden Besprechungstisch und sah erneut auf die Uhr. Kurz nach sieben. Auf dem Gang näherten sich Schritte. Kollege Klotzbach und Frau Krüger Senior trafen ein. Inga Krüger erstarrte. Kurz schien sie mit sich zu kämpfen. Dann stand sie auf, ging auf ihre Mutter zu und nahm sie in den Arm. Die alte Frau fing, an heftig zu schluchzen. Klotzbach machte ein Gesicht, als ob er sich am liebsten verdrücken würde, während Mario Rossi anfing, intensiv an den Fingernägeln herum zu puhlen.

»Setzen Sie sich doch bitte«, forderte Bäuerle die Neuankömmlinge auf. Lena hatte ein Aufnahmegerät mitgebracht und stellte es unauffällig an.

»Liebe Krügers«, begann Bäuerle und musterte die Anwesenden einem nach den anderen. »Der Grund für diese Zusammenkunft ist, dass es neue Erkenntnisse bezüglich des Todes Ihres Vaters beziehungsweise Mannes gibt. Einige von Ihnen wissen, dass er sowohl erstickt ist als auch vergiftet und gewürgt wurde. Viele Todesarten lassen auf viele Täter schließen. Und die alte Weisheit, dass der Mörder am ehesten in der Familie des Opfers zu suchen ist, hat mich dazu bewogen, Sie hier alle zu versammeln.«

Inga Krüger sprang von ihrem Stuhl auf. »Sie glauben doch nicht etwa, dass einer von uns...«

»Frau Krüger, setzen Sie sich. Einige von ihnen haben ein Alibi für die Tatzeit, andere sind in einer körperlichen Verfassung, die zumindest das Erwürgen ausschließt. Ein Motiv für den Mord hatte jeder von Ihnen - Rache für all das, was sie durch ihn erleiden mussten. Das trifft auch auf Sie zu, Herr Klotzbach - oder soll ich Sie lieber Krüger nennen?« Klotzbach starrte ihn fassungslos an. »Was soll das? Haben Sie vollkommen den Verstand verloren?«

»Dachten Sie wirklich, Sie würden für alle Zeiten mit diesem Versteckspiel durchkommen?« Bäuerle schüttelte den Kopf. »Aber fangen wir von ganz vorne an. Nachdem Sie vor dreißig Jahren den Zug nach Amsterdam bestiegen hatten, um ihrem Vater endgültig zu entkommen, heuerten Sie auf Schiffen als Matrose an und durchreisten die Welt. Leider kam es bei einem Aufenthalt in Bremerhaven zu einem Zwischenfall, der es Ihnen unmöglich machte, wieder nach Deutschland einzureisen - Sie wären sonst wegen Totschlag verhaftet worden. Das war ärgerlich, da Sie, wenn die Schiffsrouten es erlaubten, sich ein paar Tage Landurlaub nahmen, um ihre geliebte Mutter heimlich zu besuchen.

Aber es ergab sich eine Lösung, als einer Ihrer Kameraden auf der Fahrt nach Kapstadt tödlich verunglückte. Der arme Tropf stammte ebenfalls aus unserer Gegend, war genau so alt wie Sie und sah ihnen sehr ähnlich. Was lag näher, als den Ausweis zu tauschen! Keiner Ihrer Kollegen an Bord merkte etwas; sie hatten Euch beide sowieso immer verwechselt. Und so starb Horst Krüger, und Erwin Klotzbach lebte weiter.«

»Das ist ja kompletter Unsinn, was Sie sich da ausgedacht haben!« Klotzbachs Stimme überschlug sich. Er zitterte am ganzen Körper.

Bäuerle betrachtete ihn gelassen. »Ich habe mich heute mit Erwin Klotzbachs Mutter unterhalten - im Übrigen eine sehr nette alte Dame. Sie, Herr Krüger, haben Frau Klotzbach damals aufgesucht. Sie wussten, dass Sie, um die Identität des Erwin Klotzbach glaubwürdig anzunehmen, weitere Dokumente und die Rückendeckung der Mutter benötigten. Es gelang Ihnen - vermutlich durch die Schilderung der traurigen Situation Ihrer eigenen Mutter - Sie davon zu überzeugen, bei dem Betrug mitzuspielen. Frau Klotzbach war im Übrigen erleichtert darüber, die Sache endlich beichten zu können.«

Klotzbach starrte reglos auf die Tischplatte.

Bäuerle räusperte sich und fuhr fort. »Die Indizien deuten darauf hin, dass der Mord an Ihrem Vater sich folgendermaßen abgespielt hat: Sie, Herr Krüger, wollten dauerhaft in der Nähe ihrer Mutter bleiben, die sich - aus welchen Gründen auch immer - standhaft weigerte, ihren Mann zu verlassen. Deswegen tauschten Sie die Seefahrt gegen den Polizeidienst und bewarben sich nach Bad Dürkheim. Niemand außer Ihrer Mutter und Ihrer Schwester erkannte sie wieder. Frau Krüger Junior, Sie haben mich nämlich ebenfalls angelogen. Auch Sie versuchten, Ihre Mutter, die sie genau wie Ihr Bruder heiß und innig liebten, so oft es ging zu besuchen. So viel Familiensinn ist prinzipiell eine schöne Sache. Leider kann sie aber auch zu Lügen führen, weil man sich gegenseitig decken will - nicht wahr, Frau Krüger Senior?«

Die alte Frau presste die Lippen zusammen und starrte vor sich hin.

»Frau Krüger Senior mag schwach sein, aber sie ist bestimmt nicht so dement, wie ihre Kinder uns einreden wollten. Vorgestern muss ihre Geduld mit ihrem Mann endgültig vorbei gewesen sein - was der Auslöser dafür war, sei dahingestellt. Sie mischte ihm Schlaftabletten in den Mittagsbraten. Diese zeigten nicht die gewünschte

Wirkung. Als Herr Krüger wie gewohnt den neuen Wein in den Fässern prüfen wollte, schlich sie ihm hinterher und schloss die Tür zum Keller ab. Dann rief sie aufgeregt im Revier an, um ihren Sohn um Hilfe beim Beseitigen des vermeintlich Toten zu bitten. Dummerweise war seine Kollegin am Apparat, Frau Krüger verhaspelte sich, und so bekam die Dienststelle mit, dass Frau Krüger eine Leiche im Keller hatte.

Sie, Herr Klotzbach-Krüger, haben daraufhin versucht, ihre Mutter als höchst dement darzustellen, um jeglichen Verdacht von ihr fernzuhalten. Als sie ihren Vater aus dem Keller zerrten, bemerkten sie, dass er nicht tot, sondern nur bewusstlos war. Sie erledigten ihn endgültig, indem sie ihm kräftig den Hals zudrückten, bis kein Puls mehr zu spüren war.

Da Sie zurück auf das Polizeirevier mussten, baten Sie Ihre Schwester und deren Freund, sich um die Leiche zu kümmern. Ich vermute, dass ein nicht ganz so schlauer Kumpel von Herrn Rossi diese Aufräumarbeit erledigen sollte und es eine tolle Idee fand, die Leiche weit weg von Freinsheim am Wasserturm in den Brunnen zu werfen.«

»Dieser Vollidiot!«, entfuhr es Mario Rossi. »Wer ist ein Idiot?«, fragte Bäuerle nach.

Mario verschränkte die Arme, lehnte sich zurück und schwieg mit trotziger Miene.

»Egal«, meinte Bäuerle. »Den Idioten werden wir schon noch finden.«

»Wie wollen Sie das beweisen?«, höhnte Inga Krüger.

»Das ist doch absurd! Sie haben eine wahnsinnige Phantasie!«

Bevor Bäuerle etwas erwidern konnte, meldete sich eine leise Stimme, die bisher geschwiegen hatte.

»Sie haben recht. Ich habe versucht, meinen Mann umzubringen.«

Frau Krüger sah Bäuerle mit ihren sanften rehbraunen Augen an.

»Mutter, nein!«, entfuhr es Klotzbach-Krüger und seine ebenfalls rehbraunen Augen, die Bäuerle auf die richtige Spur gebracht hatten, flehten darum, dass sie schwieg.

Eine Woche später saß Bäuerle zusammen mit Anette in einer stickigen Turnhalle und lauschte halbherzig der Ansprache des Schulleiters. Eine Reihe vor ihnen saßen Kurt und Gabi, deren Tochter ebenfalls eingeschult wurde. Trübsinnig dachte er an die unglücklichen Krügers und sein eigenes Unglück, nämlich die drohende

Scheidung. Wie sollten sie es den Kindern beibringen? Wie würde er die ungewohnte Einsamkeit ertragen?

Während der Schulchor ein Lied anstimmte, wandte sich Gabi um und lächelte ihn traurig an. Er lächelte zurück und nahm sich vor, sie morgen auf einen Kaffee einladen.

Hinter der Tür

Tim war einer dieser ganz normalen Jungen, wie man sie überall in den Kinderzimmern, zwischen den Häusern, in jeder Stadt und in jedem Land antrifft. Er war einer dieser Jungen, die bei den Hausaufgaben schon unruhig den Fußball unterm Schreibtisch kicken, schnell, schnell, den letzten Satz geschrieben, die letzte Zahl addiert und aufgesprungen, die Schuhe an und hinaus. Er war einer dieser Jungen, die bei Sturm und Eiseskälte dem Ball auf gefrorenen Wiesen hinterherjagen und danach zum nächsten Abenteuer auf Baustellen oder im Dickicht der Büsche am Rande des Waldes flitzen, während sie bei schönstem Sonnenschein und Sommerwärme den Tag in abgedunkelten Zimmern verbringen, um Ungeheuer auf Computermonitoren zu verfolgen.

Wenn die Mutter ihn ermahnte, mehr zu lernen, so sah er schuldbewusst zu Boden und versprach Besserung, um im nächsten Moment, gelockt von den Rufen der Freunde, aus dem Haus zu laufen, ohne das Vokabelheft aus dem Schulranzen gezogen zu haben.

Ein ganz normaler Junge also, zwölf Jahre alt, mit blond zerzausten Haaren, die ihm ständig in die Augen fielen. Ein Junge mit ewig dreckigen Hosen, aufgeschlagenen Knien und ungewaschenen Händen, nach süßem, brenzligen Kinderschweiß riechend, die Arme verschmiert mit Tätowierbildchen aus den Kaugummipackungen. So war Tim - bis die Zeit begann, in der sich alles änderte.

Zuerst verschwand seine Schwester. Nicht, dass er sie sehr vermisste. Sie war siebzehn, eine Schwester, mit der man nichts Gescheites anfangen konnte. Wenn die Eltern abends ausgingen, schickte sie ihn viel zu früh ins Bett. Morgens besetzte sie stundenlang das Badezimmer, und ansonsten beachtete sie ihn kaum und tippte ununterbrochen auf ihrem Smartphone herum. Nachts drang ihr trotziges Gezeter dumpf zu ihm ins Zimmer, wenn sie wieder viel zu spät nach Hause gekommen war und die Mutter vorher endlos aus dem Fenster gestarrt hatte. Und jetzt war sie weg.

An dem Tag, als sie verschwand, fiel das Mittagessen aus. Nachdem Tim die Haustür hinter sich zugezogen und den Schulranzen in die Ecke gepfeffert hatte, sah er die Mutter am Esstisch sitzen, auf dem noch das Frühstücksgeschirr stand. Reglos blickte sie auf einen Zettel, der vor ihr auf dem Tisch lag. Nicht einmal seine Begrüßung erwiderte sie. Traurig und stumm sah sie ihn an aus rot verweinten Augen. Neugierig las Tim den Zettel durch. Ein Abschiedsgruß. Mehr verstand er nicht. Und er verstand auch nicht die Ohrfeige, die ihm die Mutter gab, als er sie mit den Worten trösten wollte: »Na gut, sie ist weg. Aber du hast ja noch mich.«

Die nächsten Tage verbrachte er auf der Straße, denn er hielt es zu Hause nicht mehr aus – die Verzweiflung der Mutter, das ungewaschene Geschirr, die Vorwürfe, die sich die Eltern gegenseitig vor die Füße warfen. Nur zu den Mahlzeiten kam er heim, aber keiner schien das zu bemerken.

Manchmal, da überkam es die Mutter. Sie rief ihn zu sich, drückte ihn so fest, dass er meinte zu ersticken, sie heulte und schluchzte, und ihm war unangenehm, wie ungewaschen, wie sehr nach Kummer und altem Muff sie roch. Er war erleichtert, wenn sich ihre Umarmung wieder löste. Tim streichelte ihr über die Wange und versprach, ein guter Junge zu sein, nicht wie die Schwester, die - soviel bekam er aus den Streitereien der Eltern mit - aus dem Haus getrieben worden war von der Strenge des Vaters und der Nachgiebigkeit der Mutter. Die Mutter warf dem Vater vor, er hätte die Tochter nie verstanden, der Vater warf der Mutter vor, sie wäre zu weich gewesen und das hätte man nun davon. Tim überließ die Eltern ihrem Kummer und ihren gegenseitigen Anschuldigungen, denn es änderte ja nichts.

Lieber schlich er sich aus dem Haus und besuchte seinen Freund Heiner, mit dem man lachen, blödeln und das nächste Level von Mission to Mars erreichen konnte. Heiner war der beste Marsfighter der ganzen Schule und des ganzen Viertels. Er kannte alle Finten und Abkürzungen und schlich mühelos an Bestien und feindlichen Außerirdischen vorbei. Kein Fangarm, kein Labyrinth, kein Laserschwert, nicht einmal der schreckliche Hüne vom Planeten Hrotsch hielten ihn auf. Heiners Finger flogen über die Tastatur, als ob es keine Schwerkraft gab. Er schien im Voraus zu wissen, wo der nächste Feind auftauchen würde, und Tim bewunderte ihn dafür. Sie stiegen zusammen in die Tiefen höllischer Welten ein, bis ein Blick auf die Uhr Tim nach Hause zwang.

Manchmal spann Heiner herum und erzählte merkwürdige Sachen, von Monstern, die zwischen ihnen leben würden und aus einem anderen Universum kämen, und er wäre der Einzige, der über sie Bescheid wusste. Heiners Geschichten brachten Tim zum Lachen, und er ballerte ein paar Gnorms ab, die den Eintritt in die Eishöhle des roten Kristalls verwehrten.

Manchmal kam Heiner nicht zur Schule, und manchmal, wenn Tim nachmittags bei ihm klingelte, schaute

Heiners Mutter heraus und sagte, dass Heiner sich nicht wohlfühle und ob er ein anderes Mal kommen wolle, und dann zuckte Tim mit den Schultern und rannte weiter zum Bolzplatz, wo die anderen bereits die Mannschaften einteilten, und er dachte, dass es so auch in Ordnung ging, dass Heiner nicht mit dabei war. Denn Heiner war kein guter Fußballer und die anderen maulten, wenn er in ihr Team kam.

Und dann kam Heiner gar nicht mehr. Als Tim an seiner Tür klingelte, in der Hoffnung, wenigstens eine kleine Runde Mission to Mars mit ihm spielen zu können, öffnete Heiners Mutter, und sie sah müde aus, blass und bekümmert. Sie sagte, dass Heiner im Krankenhaus wäre, und dass Tim doch bitte in nächster Zeit nicht mehr vorbeikommen sollte. Tim zuckte mit den Schultern und rannte weiter zum Fußballplatz.

Zwei Tage später betrat Tims Deutschlehrerin Frau Wohlert mit ernster Miene das Klassenzimmer, und Tim dachte zuerst, sie wäre so ernst, weil die letzte Klassenarbeit schlecht ausgefallen war. Aber dann sagte sie, dass Heiner gestorben sei und sie sagte noch ein paar Worte über die Krankheit, die er gehabt hatte und die Beerdigung, zu der die Klasse geschlossen hingehen sollte, aber da hörte Tim schon nicht mehr zu. Ein Summen ging durch seinen Kopf, ein Brummen, das sich nicht mehr abstellen ließ und immer wieder diese Worte: »Heiner ist tot, Heiner ist tot.«

Sie hatten gerade das fünfte Level erreicht, waren kurz vor dem Ziel gewesen, und jetzt war Heiner weg, für immer.

As Tim mit der Klasse auf dem Friedhof stand und in das Loch starrte, in das gleich der Sarg hinabgelassen werden sollte, dachte er zurück an die vielen Male, an denen er vergebens vor Heiners Haus gestanden hatte und an die Mattigkeit und Magerkeit des Freundes. Er erinnerte sich, wie sie alle gelacht hatten, als Heiner es im Sport nicht schaffte, sich am Reck hochzuziehen. Ihr Sportlehrer Herr Meier, der normalerweise ein solches Versagen mit einem spöttisch-schmunzelnden »Hast wohl Pudding in den Armen« kommentierte, hatte bei Heiner nur leise gemurmelt: »Lass gut sein, mein Junge.«

Und auf einmal wurde Tim bewusst, dass alle es gewusst hatten, alle außer ihm. Ihm wurde klar, dass Heiner nicht unerwartet, ganz plötzlich gestorben war, sondern schon lange mit der Krankheit gekämpft hatte. Wenn er Augen im Kopf gehabt und auf die Zeichen geachtet hätte, wäre Tim es auch früher aufgefallen, und dann hätte er Heiner häufiger besucht und vielleicht noch mit ihm zusammen das letzte Level erreicht und dann wäre es nicht so Knall auf Fall gekommen, ohne Abschied, ohne dass er darauf vorbereitet war.

Tim musste an seine Schwester denken. Auch sie hatte bestimmt nicht aus einem schlechten Augenblick heraus spontan die Reisetasche gepackt. Aber er war blind gewesen, und wenn er es vorher gewusst hätte, vielleicht hätten seine Schwester und er ja miteinander reden können, und dann hätte er ihr gesagt, dass sie zwar blöd sei, aber immer noch besser eine blöde Schwester zu Hause als diese Stille und dieses Schweigen zwischen den Eltern und diese Vorwürfe und Streitereien und diese Lustlosigkeit der Mutter, die gar nicht mehr lachte und diese Verschlossenheit des Vaters, der keine Witze mehr machte.

Er war so blind gewesen. Und er nahm sich vor, ab jetzt aufmerksamer zu sein. Niemals mehr wollte er von schlimmen Dingen überrumpelt werden.

Tim riss sich los von dem Loch in der Erde, in das Heiners Sarg glitt. Seine feuchten Augen blinzelten in die Sonne. Die Friedhofsallee hinunter, kurz vor dem Ausgang, meinte er, eine Gestalt zu sehen, die in der flirrenden Hitze des Tages zu pulsieren schien. Geblendet schloss er die Augen. Als er sie wieder öffnete, war die Gestalt verschwunden. Hatte er sich durch das Schattenspiel der Bäume täuschen lassen? Benommen schüttelte er den Kopf. Auf Zeichen achten, dachte er, und schluckte die letzte Träne für Heiner hinunter.

Tim ging weiter auf den Fußballplatz, schlich mit den anderen auf die Baustellen und kroch durch die Büsche, aber er öffnete seine Sinne und sah die Welt mit anderen Augen, mit Augen, die übten, zu sehen, Augen, denen bald nichts mehr entging, keine noch so winzige Geste, keine noch so kleine Veränderung in einem Gesichtsausdruck. Er registrierte das leichte Stirnrunzeln der Englischlehrerin, als sie am Ende der Stunde einen Blick auf die Wörter an der Tafel warf, woraus Tim schloss, dass genau diese Wörter im morgigen Vokabeltest abgefragt werden würden, und er lernte sie besonders gut und schrieb das erste Mal eine Eins.

Er spürte auch, wie das Schweigen zwischen seinen Eltern immer quälender wurde, und er sah ihre Gesichter, die das Unausweichliche widerspiegelten, bevor ein Wort darüber gesprochen wurde, und es überraschte ihn wenig, als ihn seine Mutter beiseitenahm und erklärte, dass der Vater ausziehen würde. Er wäre ja ein großer Junge und wüsste, wie das ist, mit so einer Scheidung und sie wären ja nicht die Einzigen, denen das passieren würde. Tim nickte nur und nahm seine Mutter in den Arm. Alles ließ sich leichter ertragen, wenn es nicht so plötzlich über einen kam, und er nahm sich vor, seine Wahrnehmung weiter zu schärfen, um sich nichts, aber auch gar nichts mehr entgehen zu lassen.

Und dann bemerkte er auf einmal Dinge, die ihm unerklärlich blieben. Das erste Mal passierte es an einem regnerischen Mittwochnachmittag nach dem Fußballtraining der Schulmannschaft, als sie alle nass, verschwitzt, verdreckt und außer Atem in der Umkleidekabine saßen und sich eine bittere Ansprache von ihrem Trainer Herrn Meier anhören mussten. Sie hatten sich daneben benommen, zugegeben, jede Anweisung ignoriert und einfach losgebolzt wie kleine Kinder auf dem Schulhof. Herr Meier brüllte sie mit heiserer Stimme an und drohte mit Spielausschluss und Sondertraining. Wie die anderen saß auch Tim mit gesenktem Kopf auf der harten, hölzernen Bank der Umkleidekabine. Als er zu Herrn Meier hinüber linste, bemerkte er etwas, was ihn verwirrte. Das Gesicht des Lehrers war nicht nur unnatürlich rot angelaufen, nein, es schien zu verschwimmen, zu zerfließen, sich nur mühsam in der Form zu halten. Die Nase pulsierte, die Augen wanderten umher, die Lippen sahen aus wie Brei, der zäh zu

Boden tropft, die Haut nahm die Konstanz schmelzenden Eises an. Erschrocken und angewidert zugleich warf Tim einen Blick auf die anderen. Hatten sie es auch bemerkt? Nein, seine Mannschaftsfreunde wagten nicht, den Kopf zu heben angesichts der heftigen Zurechtweisung, starrten nur auf ihre schmutzverkrusteten Schuhe. Als Tim wieder zu Herrn Meier blickte, sah dieser normal aus wie immer - nein, fast wie immer. Verkrampft wirkte er, nicht mehr zornig, eher, als wäre er angestrengt bemüht, die Gesichtsmuskeln unter Kontrolle zu bringen.

Abrupt beendete der Lehrer die Strafpredigt und verließ die Kabine. Das Fußballteam entspannte sich. Schon höhnten einige herum, machten sich lustig über die Standpauke, die sie erhalten hatten. Aber niemand ließ ein Wort fallen über die seltsame Schwammigkeit, die Tim beobachtet hatte, und er schwieg, um sich nicht lächerlich zu machen. Eilig zog er sich um, stopfte Trikot und Fußballschuhe in die Sporttasche und ging, ohne, sich wie sonst zu duschen.

Am Ende des Ganges, der die Turnhalle von den Umkleideräumen trennte, öffnete Herr Meier gerade eine Tür, die Tim bisher nie aufgefallen war, und verschwand in ihrem dunklen Spalt. Die Tür sah aus wie alle anderen Türen, und hätte Tim nicht vorher diese seltsame Veränderung an Herrn Meier bemerkt, hätte er nicht daran gezweifelt, dass sie schon immer da gewesen war. Bevor er sich jedoch weitere Gedanken über zerfließende Gesichter und plötzlich erscheinende Türen machen konnte, tauchte Herr Meier wieder auf. Tim bückte sich und tat, als ob er seine Schuhe zubinden würde - das heißt, er band sie wirklich zu, denn das hatte er vorher in der Eile vergessen. Herr Meier sah ihn an. Sein Gesicht wirkte wieder vollkommen normal. Tim grinste verlegen zurück.

»Duschst du heute nicht?«, fragte der Lehrer. Die Heiserkeit war aus seiner Stimme verschwunden.

»Nein, ich muss schnell heim, noch was erledigen«, stotterte Tim, verabschiedete sich hastig und rannte aus der Halle, rannte am Fußballplatz vorbei, rannte den Weg nach Hause, ohne sich umzudrehen.

Am nächsten Tag war Tim schon fast soweit, zu glauben, dass er eine Sehstörung gehabt hatte, dort, in der stickigen, dampfenden Umkleidekabine. Er versuchte, sich einzureden, dass nichts Seltsames passiert war, nur eine Täuschung, alles normal, der Sportlehrer, die Tür und seine Augen. Er nahm sich vor, in der großen Pause in die Turnhalle zu gehen, um zu überprüfen, ob die

Tür noch da war und um zu schauen, wohin sie führte, einfach, um sich ganz sicher zu sein, dass alles mit rechten Dingen zuging und solche Merkwürdigkeiten, wie sie in Computerspielen vorkamen, nicht in der Wirklichkeit passierten.

Aber dazu kam er nicht. In der sechsten Stunde unterrichtete sie Frau Wohlert. Alle dösten vor sich hin, einschließlich Tim, denn es war ein schwüler Tag, die Mägen knurrten, und die Verbformen, die Frau Wohlert ihnen nahe bringen wollte, hatten keine Chance gegen die mittäglich bleierne Schwere, die sich auf die Augenlider der Jungen und Mädchen senkte. Auf einmal meinte Tim, eine fast unmerkliche Veränderung in der Stimme von Frau Wohlert zu hören. Er konzentrierte sich auf die Geschwindigkeit, die Farbe der Laute, die Kadenzen und Höhen. Das, was die Lehrerin von sich gab, erinnerte ihn an die leiernde und jaulende Drehorgel, die ein alter Mann, bekleidet mit Frack und Zylinderhut, in der Fußgängerzone spielte. An Frau Wohlerts Aussehen hatte sich nichts verändert. Nur ihre Stimme schien zu zerfließen, genauso, wie das Gesicht Herrn Meiers zerflossen war. Tim sah sich um. Es sah aus, als ob niemandem außer ihm etwas aufgefallen war. Einige seiner Klassenkameraden dösten mit geschlossenen

Augen vor sich hin, andere stierten aus dem Fenster. Der Rest spielte mit Linealen und Stiften herum und produzierte Eselsohren in die Hefte. Plötzlich verstummte Frau Wohlert. Obwohl die Pausenglocke noch nicht geläutet hatte, hastete sie aus dem Klassenzimmer, ohne sich, wie sonst üblich, mit einem aufmunternden »Bis morgen« zu verabschieden. Sie vergaß sogar, ihnen Hausaufgaben aufzugeben.

Rasch stopfte Tim seine Sachen in den Schulranzen und folgte ihr. Gleich, wenn die Pause begann, würden die anderen Kinder aus ihren Zimmern stürmen, schreiend, hungrig und begierig nach Bewegung und frischer Luft. Aber noch wirkte der hohe, hallende Schulgang so ausgestorben wie ein Naturkundemuseum an einem herrlichen Frühlingstag. Tim beobachtete, wie Frau Wohlert vor einer Tür stehen blieb, die ihm vorher nie aufgefallen war. Die Lehrerin öffnete die Tür und verschwand. Tim wartete. Knapp eine Minute später trat Frau Wohlert wieder aus der Tür heraus. Tim kniete sich hin und fing an, im Schulranzen herumzuwühlen, als ob er vergessen hätte, etwas einzupacken. In Wirklichkeit hatte er auch etwas vergessen, nämlich sein Mäppchen, aber das spielte im Moment keine Rolle.

Frau Wohlert kam ihm entgegen. Im Vorbeigehen sagte sie zu ihm: »Na Tim, du hast es ja heute eilig.«

Ihre Stimme klang wieder normal, aber Tim entging nicht der misstrauische Unterton in der leicht hingeworfenen Bemerkung.

Die Pausenglocke schrillte. Schüler quollen aus den Klassenzimmern und stürmten Richtung Schulhof. Nur langsam setzte Tim sich in Bewegung, wurde geschubst und fast niedergetreten von dem lärmenden Pulk, den es hinausdrängte, hinaus aus dem muffigen Schulhaus, hinaus in die Sonne. Vor der Tür, hinter der Frau Wohlert verschwunden war, blieb Tim stehen. Sie sah aus, wie alle anderen Türen in der Schule, glatt und weiß lackiert. Nur fehlte das übliche Schild mit Nummer und Rauminformation. Tim war sich absolut sicher, diese Tür vorher noch nie gesehen zu haben. Zögernd umfasste er die Türklinke, die sich eisig kalt und glitschig anfühlte wie der Fisch, den er im letzten Sommer mit den Händen im Bach gefangen hatte. Langsam drückte er die Klinke hinunter. Zu seiner Überraschung ließ sich die Tür nicht öffnen. Tim war sich sicher, dass Frau Wohlert vorhin die Tür nicht abgeschlossen hatte. Er versuchte erneut, sie aufzudrücken, stemmte sich mit aller Kraft gegen das harte Holz, – vielleicht klemmte sie nur. Aber die Tür blieb verschlossen.

Eine Hand legte sich auf seine Schulter. Erschrocken zuckte er zusammen und drehte sich um. Frau Wohlert stand vor ihm. Ihre schwarz glitzernden Augen durchbohrten ihn.

»Du bist ein neugieriger Junge.« Obwohl sie leise sprach, hallte ihre Stimme schneidend durch das verlassene Schulhaus. »Möchtest du wissen, was hinter dieser Tür ist?«

Natürlich wollte Tim das wissen, denn er war wirklich ein sehr neugieriger Junge. Je länger jedoch Frau Wohlerts Atem, der schwach nach einer Mischung aus Pfefferminzbonbon und verbrannten Streichhölzern roch, über sein Gesicht strich, stieg Tims Bedürfnis, einfach wegzurennen, hinaus aus der Schule, nach Hause, in sein Zimmer, um sich auf das Bett zu werfen und unter die Decke zu kriechen.

Langsam, wie in Zeitlupe, drückte Frau Wohlert die Klinke hinunter, ohne ihren Blick von Tim abzuwenden. Unfähig, sich zu rühren, starrte Tim gebannt auf den sich öffnenden Spalt zwischen Tür und Wand, durch den ein schummrig bräunlich-gelbes Licht fiel und ein seltsam muffiger, stechendscharfer Geruch nach Schwefel und alten Socken drang.

»Nein!«

Frau Wohlert drehte sich so plötzlich um, dass sie beinahe Tim zu Boden stieß. Er taumelte zurück, wie erwacht aus einem Albtraum, und sah Herrn Meier auf sie zu rennen, keuchend wie ein Hundertmeterläufer beim Endspurt.

»Nein!«

Die Stimme Herrn Meiers vibrierte, erfüllte jeden Winkel des Schulhauses mit diesem »Nein!«, das als Echo von den Wänden abprallte und sich überschlug.

»Das darfst du nicht!«

Nach Luft schnappend stoppte der Sportlehrer vor Frau Wohlert und starrte sie zornig an.

»Du weißt, was dir blüht, wenn du ihn mitnimmst.«

»Was habe ich schon zu verlieren.«

Frau Wohlert lachte höhnisch, und Tim kam sie wie eine Fremde vor. Das war nicht mehr die nette Lehrerin, die ein Auge zudrückte, wenn man seine Hausaufgaben vergaß. Die Frau Wohlert, die jetzt vor ihm stand, erinnerte ihn an ein Märchen, das ihm seine Mutter früher vorgelesen hatte - wie hieß es noch gleich? Ach ja, Hänsel und Gretel. Genau so, wie Frau Wohler in diesem Moment vor ihm stand, mit wirrem grauen Haar und verzerrtem Gesicht, hatte er sich die Hexe vorgestellt, die Hänsel braten wollte.

»Du weißt, die Wächter werden ihn nie wieder gehen lassen!« Eindringlich redete Herr Meier auf Frau Wohlert ein. »Und dir werden die Türen versperrt bleiben. Für immer. Du wirst sterben!«

»Na und!«. Frau Wohlert spie die Worte aus wie giftige Spucke. »Soll es ihm doch genauso gehen wie mir, wie uns allen, die wir hierher verbannt wurden, in eine fremde, abstoßende Welt, ohne Hoffnung auf Rückkehr. Seit Jahren träume ich davon, einen dieser frechen Rotznasen, die meiner Lehrerinnenhülle auf der Nase herumtanzen, zu zeigen, wer ich wirklich bin – das Wesen, das ich einmal war, stark und unerbittlich, voller Kraft und Unbarmherzigkeit. Wenigstens einer von ihnen soll es begreifen, bevor ich sterbe. Der Tod ist mir egal. Was ist das denn für ein Leben hier!«

»Heiner«, schoss es Tim durch den Kopf. Irgendwie hatte das, was er hier erlebte, mit Heiners Geschichten zu tun, aber Tim konnte das alles nicht fassen und zusammenbringen, denn seine Gedanken wurden von dem dringenden Bedürfnis überschwemmt, aufs Klo zu gehen.

Herr Meier schnappte entsetzt nach Luft.

»Dich haben sie nicht ohne Grund verbannt«, presste er mühsam hervor. »Du bist mehr als wahnsinnig!«

Er griff nach Frau Wohlerts Arm. Bevor er sie packen konnte, stieß sie ihn ihr Knie in den Bauch und zerrte Tim mit sich, hinein in die seltsam wabernde schwefelgelbe Dämmerung hinter der Tür.

»Nein!« Der Schrei Herrn Meiers klang wie aus weiter Ferne. Die Tür knallte zu. Frau Wohlert hatte Tims Gesicht an ihre Brust gepresst, so dass er meinte, zu ersticken. Erst, nachdem sie den Griff lockerte, konnte er vorsichtig die Augen öffnen. Verwundert stellte er fest, dass das, was sich hinter der Tür befand, ihm seltsam vertraut vorkam. Er stand in einer Art unterirdischem Tunnel, dessen sandfarbenen Wände zerfurcht waren wie das Innere eines Regenwurms. Der Tunnel schimmerte, pulsierte lautlos, zog sich zusammen und wieder auseinander wie Herzschläge, die durch Adern pochten.

Die mörderischen Labyrinthe des Mars. Tim erinnerte sich, wie er mit Heiner im vierten Level von Mission to Mars durch eben diese pochenden Tunnel marschiert war, belauert von Riesenbakterien, die einen umflossen und bei lebendigen Leib zersetzten, wenn man sie nicht schnell genug abschoss.

Der Tunnel verzweigte sich, Gänge zerflossen miteinander und verschwammen im Dämmerlicht der Ferne, so dass kein Ende des Labyrinths zu erkennen war. Tim drehte sich nach Frau Wohlert um. Sie war verschwunden. Vor der Tür, die auf dieser Seite genau so aussah wie auf der anderen, funkelte eine glibberige, giftgrüne Masse, zäh fließend und pfützengleich, die ihn an in der Sonne schmelzendes Kaugummi erinnerte. Die Masse bewegte sich langsam auf ihn zu. Tim wollte zurückweichen, aber der Gedanke, in das Labyrinth zu fliehen, kam ihm ebenso furchterregend vor wie die Berührung mit dem widerwärtig klebrigen Brei.

Eine Stimme dröhnte in seinem Kopf. Sie kam ihm vertraut vor von endlos langen Schulstunden, klang aber viel hohler, viel tiefer.

»Geh nur mein Junge«, sagte die Stimme, triefend und vibrierend. »Geh nur weiter, lass es hinter uns bringen. Gleich werden sie kommen, es gibt kein Entrinnen. Gleich sind sie da.«

Die Stimme lachte, sie lachte auf eine Art, die Tim nie wieder hören wollte, durchdringend und lähmend und glibberig. Der Brei, der auf ihn zukam, musste Frau

Wohlert sein, Frau Wohlert in ihrer wahren Gestalt. Verzweifelt warf er einen Blick auf die Tür. Er hatte keine Chance, sie zu erreichen, ohne durch die Lehrerin zu waten, deren ersten Ausläufer schon fast seine Füße berührten. Tim stolperte rückwärts, versuchte Halt zu finden an der Wand, die unter seinen Fingern nachgab und sich ebenso eiskalt und glitschig anfühlte wie die Klinke der Tür. Hektisch schweiften seine Augen umher auf der Suche nach einem Ausweg.

Täuschte er sich oder bewegte sich dort etwas am Ende des Tunnels? Er kniff die Augen zusammen. Fern in der Dunkelheit leuchteten zwei weiße Pünktchen auf wie winzige Sterne. Sie kamen immer näher. Ein anschwellendes, nervenzerreißendes Surren vereinte sich in Tims Kopf mit dem dröhnenden Lachen des Wohlertwesens. Tim hielt sich die Ohren zu, was nichts nützte. Er wollte die Augen schließen, konnte sie aber nicht von den inzwischen tennisballgroßen Punkten abwenden, die sich unerbittlich auf ihn zu bewegten. Beim Näherkommen entpuppten sich die beiden weißen Bälle als metallisch glänzende, roboterartige Wesen von der Größe eines Schafs. Erst jetzt bemerkte Tim die Gleise auf dem Boden des Labyrinths, auf denen die Roboter voran glitten. Tims Verwirrung wuchs. War ihm das Labyrinth schon aus Mission to Mars vertraut vorgekommen, so schienen die weißen Kugeln dem Science-Fiction-Film entsprungen zu sein, den er letzte Woche im Kino gesehen hatte. So weit Tim sich erinnerte, waren die Filmroboter auf der Seite des Helden gestanden und hatten ihm im Kampf gegen die Invasion der fiesen Gorlonen unterstützt. Dass die beiden Exemplare, die beharrlich voranglitten, in guter Absicht kamen, bezweifelte er.

Gerade, als Tim in seiner Verzweiflung den Plan ins Auge fasste, durch die Glibbermasse der Lehrerin zur Tür zu waten, in der winzigen Hoffnung, dass dabei nichts Schlimmes passieren würde, schoss plötzlich ein Blitz durch den Tunnel, ein greller, schmerzhafter Strahl, blau und gelb und weiß zugleich, begleitet von einem Donner, der das Lachen des Wohlertwesens und das Surren der Roboter übertönte. Eine Feuerwolke breitete sich aus, die die Roboter verhüllte. Tim musste sich abwenden, so sehr blendeten die im Qualm flammenden Entladungen, die von einer Wand zur nächsten rasten. Es zischte und brutzelte, aber keine Hitze ging von der Wolke aus, und auf einmal sprach das Feuer und dröhnte schmerzhaft in Tims Kopf.

»Lass ihn zurückkehren, bevor es zu spät ist!«

Tim wunderte sich nicht, dass die Stimme nach Herrn Meier klang, verfälscht, wie durch eine schlechte Telefonverbindung, knackend, kreischend, jedoch trotzdem unverkennbar. Auch überraschte es ihn kaum, dass Herr Meier sich in ein furchterregendes Flammenwesen verwandelt hatte. Er fragte sich nur, woher Herr Meier auf einmal auftauchte, denn durch die Tür hinter dem Wohlertwesen konnte er nicht gekommen sein. Die andere Tür in der Turnhalle fiel ihm ein. Vermutlich war Herr Meier dorthin geeilt, in diese seltsame Welt eingestiegen und war durch das Tunnellabyrinth hierher gelangt.

Das Wohlertwesen lachte schrill.

»Glaubst du etwa, du kannst mir befehlen! Du bist genau so ein Nichts wie ich, ein Verbannter, ein Mörder, ein Irrer!«

Die Feuerwolke sprang an Tim vorbei auf die Glibbermasse zu. Tim wich zur Seite, aber er konnte seinen linken Arm nicht schnell genug wegziehen, und ein schmerzhafter Stich wie tausend Nadeln durchzuckte ihn. Jetzt, wo das Meierwesen die Sicht ins Labyrinth nicht mehr versperrte, konnte Tim im Dunst die Roboter erkennen, die nur noch wenige Meter von ihm entfernt waren. Die Feuerwolke stürzte sich auf das Wohlertwesen, und für einen Augenblick, einen endlosen Augenblick lang, in dem die weißen Roboter schon ihre zangenartigen Greifer nach Tim ausstreckten, und ihr Surren einen unerträglichen Schmerz durch seinen Körper trieb, schien sich alles um ihn herum zeitlupenartig zu verlangsamen, stillzustehen, um sich kurz darauf ruckartig zu verändern. Tim fühlte sich, als würde er in einem Comicheft stecken, in dem die Bilderreihen die Zeit einfingen.

Ein letztes Aufkreischen, ein letzter Wirbel aus Funken und Glibber, und das Wohlertwesen krachte an die Wand und floss zäh in schleimiggrünen Schlieren herab. Ein eiskalter Sturm erfasste Tim, gegen den er sich kaum stemmen konnte. Es fegte ihn zur Tür, vorbei an dem gurgelnden Brei und trieb ihn an:

»Schnell, schnell, hinaus!«

Tim griff zur Türklinke und drückte sie hinunter. Die Tür riss auf, und während Tim durch sie hindurch flog, warf er einen letzten Blick zurück und sah, dass die Roboter das Wohlertwesen erreicht hatten. Einer von ihnen blieb stehen und griff in die Glibbermasse, während der andere Tim weiter verfolgte – Puff. Vor der Metallnase des Roboters schlug die Tür zu, mit einem Getöse, das alles um Tim herum erzittern ließ.

Benommen fand sich Tim auf dem schlieriggrünen Linoleumboden des Schulhauses wieder. Zitternd erhob er sich – und dann tat er das, was er vorher schon hatte machen wollen: Er rannte den Flur hinunter, zum Ausgang, sah weder rechts noch links, rannte durch die brütende Hitze des Mittags, rannte, bis er zu Hause war, rannte die Treppen hoch, ohne auf die Rufe seiner Mutter zu achten, rannte zuerst auf die Toilette und dann in sein Zimmer, warf sich auf das Bett und zog die Decke über den Kopf.

Am nächsten Morgen wunderte sich Tim nicht darüber, dass statt Frau Wohlert eine Vertretungslehrerin die Klasse betrat. Er wunderte sich auch nicht darüber, dass die Tür im Gang des Schulhauses ebenso verschwunden war wie die Tür bei den Umkleidekabinen in der Sporthalle. Nachmittags fiel das Fußballtraining aus, weil Herr Meier nicht erschien. Das wunderte Tim auch nicht, aber es machte ihn traurig, fast so traurig, wie er sich bei der Beerdigung von Heiner gefühlt hatte.

Die Einzige, die sich wunderte, war seine Mutter, die im Abfalleimer die zerbrochenen Überreste einer DVD fand, auf deren Hülle noch der Schriftzug »Mission to Mars« zu entziffern war.

Als sie Tim danach fragte, murmelte er etwas von »versehentlich kaputt gegangen« und vertiefte sich wieder in das Märchenbuch, das er seit Jahren nicht mehr aufgeschlagen hatte.

Frau Wohlert und Herr Meier hatten Tims Leben verlassen, wie auch andere Lehrer, Mitschüler und Freunde in den nächsten Jahren in sein Leben traten und wieder gingen. Manchmal fragte sich Tim beim Anblick eines Menschen, dessen Aussehen etwas Schwammiges hatte oder dessen Stimme leierte, ob auch er oder sie aus der Welt hinter der Tür verbannt worden war. Es fiel ihm jedoch nicht schwer, seine Neugier zu zügeln. Er schaute den Verdächtigen nicht nach, wenn sie durch Türen gingen, und er sah sich nie mehr einen Science-Fiction-Film an.

Zehn Jahre später sah Tim Herrn Meier wieder, der in einer anderen Stadt in einem Park auf einer Bank saß und ein paar Kinder beobachtete, die auf einer Wiese hinter einem Ball her sprangen. Der Sportlehrer schien kaum älter geworden zu sein. Tim setzte sich zu ihm, und Herr Meier grüßte ihn wie selbstverständlich mit einem Kopfnicken. Eine Weile saßen sie schweigend nebeneinander. Dann fing Herr Meier an, zu sprechen, und seine Stimme klang unendlich müde.

»Du hast dich bestimmt schon oft gefragt, in was du damals hineingeraten bist.«

»Eigentlich nicht«, sagte Tim. »Ich habe mich nur gefragt, was Sie verbrochen haben, dort, in Ihrer Welt.«

Herr Meier schüttelte den Kopf. »Ich hatte nichts verbrochen. Man hatte mich unschuldig verurteilt. Anfangs war ich darüber entsetzt und zornig. Wer möchte schon gerne in ein Universum verbannt werden, in dem man ständig sein wahres Wesen verstecken muss und in Gefahr schwebt, zu sterben, wenn man nicht alle paar Tage kurz in die eigene Welt zurückkehrt, um – um Heimatluft zu schnappen. Aber dann gewann ich euch seltsame Kreaturen lieb. Ich fand Gefallen an euren Spielen, euren Träumen, euren Dummheiten und Hoffnungen. Wie ein Ethnologe – so nennt ihr diese Wissenschaftler wohl - erforschte ich eure Kultur. Es fiel mir nicht schwer, mich anzupassen, und es gefiel mir immer mehr, hier zu leben.

Kurz, bevor die Sache mit dem Wesen passierte, das hier Frau Wohlert hieß, entdeckten die Wächter meiner Welt den wahren Mörder, für dessen Schuld ich unschuldig büßen musste. Ich hätte wieder nach Hause zurückkehren können.«

Herr Meier starrte in den Himmel, an dem sich graue Wolkenfelder dem ewigen Spiel der Veränderung hingaben. Dann zuckte er mit den Schultern, und ein seltsam melancholischer Ausdruck erfasste sein Gesicht.

»Ich bleib hier. Nach der Geschichte mit Frau Wohlert zog ich fort und fand in diesem Ort einen Sportverein, der mich anstellte. Jetzt stehe ich wieder auf dem Fußballfeld und bringe den Kindern Dribbeln, Köpfen und Tore schießen bei. Manchmal vermisse ich mein altes Leben hinter der Tür. Aber ich gehöre nicht mehr dorthin.« Herr Meier lächelte Tim an. »Es ist schön, dich getroffen zu haben.«

Dann stand er auf und ging auf das Toilettenhäuschen am anderen Ende der Wiese zu. Tim beobachtete, wie er hinter der Tür in der Mitte des Häuschens verschwand. Lange blieb Tim noch auf der Bank sitzen, starrte in den Himmel, sah den Kindern beim Fußball spielen zu und träumte. Als er aufstand und einen letzten Blick auf das Toilettenhäuschen warf, wunderte er sich nicht, dass die Tür in der Mitte des Häuschens verschwunden war.

Am Abgrund

Edgar sah keinen anderen Ausweg. Irina musste sterben.

Er nippte an seinem Whiskyglas und starrte finster aus dem Panoramafenster hinaus auf das Meer, das im Strahl der untergehenden Sonne rot erglühte. Viele Jahre hatte er gebraucht, sich all das aufzubauen – die Villa am Strand, den Ferrari, das Segelboot, die Partys, die Wochenenden im Casino, das wunderbare Leben in den besseren Kreisen. Ihm schauderte bei dem Gedanken, alles aufgeben zu müssen und einen Skandal, gefolgt von Verhaftung und Anklage zu riskieren, nur weil seine Schwester einen zu genauen Blick auf die Buchführung ihrer gemeinsamen Firma geworfen hatte.

»Komm doch bitte heute Abend vorbei«, hatte sie gesagt, trocken, ohne Umschweife, mit diesem gewissen Unterton – so, wie es ihre Art war. »Mir sind da ein paar Unklarheiten bei dem UniCom-Projekt aufgefallen.«

Unklarheiten! Eine harmlose Bezeichnung, für die fingierten Transaktionen, die Zahlen, die er verschoben, verdoppelt, und gerundet hatte, um aus diesem Projekt den größtmöglichen Gewinn für sich herauszupressen. Er war der Meinung gewesen, geschickt genug vorgegangen zu sein. Aber den scharfen Augen seiner Schwester waren die unkorrekten Differenzen zwischen den Zahlungen und Abschlüssen nicht entgangen. Damit hätte ich eigentlich rechnen müssen, dachte er vorwurfsvoll, dieses Aas, diese ...

Heftig schwenkte er sein Glas, so dass der Whisky wie Nordseewellen bei Sturm hin und herschwappte. Mit schwesterlichem Beistand konnte er kaum rechnen, so, wie sie zueinanderstanden. Sie würde ihn ans Messer liefern, eiskalt, ohne mit den Wimpern zu zucken.

Edgar holte die Pistole aus der Schreibtischschublade, überprüfte noch einmal, ob sie geladen war und stopfte sie mitsamt den Latexhandschuhen in seine Aktentasche. Dann verließ er das Haus durch den Hintereingang auf der Meerseite, ohne den Fernseher und das Licht auszumachen.

Er ging über den einsamen Strand Richtung Stadtzentrum, wo er in einer Seitengasse ein auf den Namen seiner geschiedenen Frau gemietetes Auto am Mittag abgestellt hatte. Niemand sah ihn, als er einstieg, und niemand verfolgte seine Fahrt hin zu dem Haus seiner Schwester, das abgelegen am Rand eines Naturschutzgebietes auf der anderen Seite der Insel lag.

Irina öffnete ihn und verzog den Mund zu einem dünnen Strich. Sie schien seine Whiskyfahne gerochen zu haben. Edgars Magen verkrampfte sich vor Hass.

Immer war sie die Gewinnerin gewesen, die Gute, die Anständige, während er, der ewig scheiternde Bruder, in ihrem Schatten dahin vegetierte. Heute würde er es ihr zeigen, sich von ihr befreien. Es wurde Zeit. Es war schon lange Zeit gewesen.

Mit einer Stimme, die nichts preisgab, nichts verriet, bat sie ihn ins Wohnzimmer und fragte, ob er ein Glas Wasser wolle. Edgar riss sich zusammen, versuchte zu grinsen, ein joviales, freundliches Lächeln zustande zu bringen. Nur kein Misstrauen erregen, sagte er sich, benimm dich so wie immer, der nette kleine Bruder bei seiner Schwester zu Besuch, ganz ruhig, ganz ruhig.

Er bat um einen Cognac. Irina zog missbilligend die Augenbrauen hoch und verschwand in der Küche. Edgar versank tief in einem schwarzledernen Designersofa, legte die Aktentasche neben sich und öffnete den Verschluss. Vorsichtig tastete er nach den Handschuhen und der Waffe. Irina kam wieder, goss sich ein Mineralwasser und ihm einen Club de Rémy Martin ein. Dann nahm sie ihm gegenüber auf einem Sessel Platz und zündete sich eine Zigarette an. Der Tabakqualm vermischte sich mit dem penetranten Rosenduft ihres Parfums, und Edgar wurde schlecht. Hastig griff er zu seinem Glas und nahm einen kräftigen Schluck.

»Ich möchte gleich zur Sache kommen.«

Irina beugte sich vor. Der Ausschnitt ihres elfenbein-
farbenen Designerkleids gab den Blick frei auf kümmer-
liche Brüste, die schon längst ihre Festigkeit verloren
hatten. Sie war hager geworden, verhärmt und kantig,
stellte Edgar fest. Eine alternde Frau. Es ekelte ihn an.

»Was für eine Erklärung hast du für die Fehldifferenz
von Dreihunderttausend beim Unikom Projekt im letzten Quartal?«

Irinas eisblaue Augen durchbohrten ihn. Das über-
legene Mitleid, mit dem sie ihn ansah, gab ihm das
Gefühl, ein todkranker Hund zu sein, den man besser
gleich die Gnadenspritze gab.

»Einen Moment, ich habe die Unterlagen dabei.«
Edgar begann, in seiner Aktentasche herumzuwühlen,
tat, als ob er etwas suchte, zog unauffällig die Hand-
schuhe über und ergriff die Pistole. Ohne ein weiteres
Wort zu verlieren, richtete er die Waffe auf Irina, und
ehe sie überhaupt begriff, was passierte, schoss er. Sie
sank zusammen. Die Zigarette entglitt ihren Fingern,
und auf ihrem Kleid zeigte sich ein roter Fleck, der
schnell größer wurde.

Edgar erhob sich, hob die Zigarette auf und drückte
sie im Aschenbecher aus. Dann holte er eine Abdeck-

plane und ein Seil aus dem Auto, wickelte Irinas Leiche ein und verschnürte sie wie ein Paket. Er schleppte das Bündel nach draußen und wuchtete es in den Kofferraum seines Wagens. Zurück in der Wohnung holte er einen Lappen aus der Küche, wischte ein paar Blutspritzer auf dem Sessel und dem Parkettboden weg, räumte die die Wasser- und die Cognacflasche weg und wusch die Gläser ab. Auf dem Weg zur Haustür blickte er prüfend um sich. Nichts deutete mehr darauf hin, dass Irina heute Abend Besuch gehabt hatte.

Nachdem er den Putzlappen zu Irina unter die Plane gestopft hatte, stieg er ins Auto und fuhr über einen Feldweg zu den Klippen hinauf, die finster drohend im Licht des Vollmondes aus dem Meer ragten. Edgar frohlockte. Der Zeitpunkt war besser gewählt, als er dachte. Dank des Mondlichtes würde es ein Leichtes sein, eine geeignete Stelle zu finden, an der er Irina über die Felsen zerren und hinunter in die tobende Gischt werfen konnte.

Er hob die Tote aus dem Kofferraum. Das Seil um die Abdeckplane hatte sich gelöst. Es lohnte nicht mehr, es neu zu verknoten. Ächzend schleppte er das Bündel zum Rand des Abgrunds. Schweißüberströmt ließ er sich auf einem Felsvorsprung nieder, um Kraft für den letzten Stoß zu sammeln. Eine Windböe schlug die Plane um, und Irinas Gesicht leuchtete ihm bleich im fahlen Licht des Mondes entgegen. Ihre Augen waren geschlossen. Sie sah aus, als ob sie schlief. Beim Anblick der so vertrauten Gesichtszüge stiegen Erinnerungen in Edgar hoch – Erinnerungen an Zeiten, als sie noch Kinder waren.

Der Nachmittag fiel ihm ein, als er, ein schmächtiger Junge von vielleicht neun Jahren, verdreckt und mit zerrissenen Hosen nach Hause geschlichen kam nach einer Schlägerei mit ein paar Jungen aus dem Nachbarviertel, die ihm keine Chance gelassen hatten. Seine Schwester fing ihn vor der Haustür ab, bevor die Eltern ihn in diesem Zustand sahen. Ihr Vater würde Edgar schwer bestrafen, nicht nur wegen der verschmutzten Kleidung, sondern, weil er sich mit Kindern abgegeben hatte, die in den Augen der Eltern nicht der richtige Umgang für ihn waren. Irina hatte ihm eine Standpauke gehalten, half ihm aber, durch den Garten ins Haus zu schleichen, wo er sich in seinem Zimmer unbemerkt umziehen konnte.

Jahre später, als er, den Kopf voll mit Drogen und Alkohol in dieser Absteige gelandet war – da hatte sie ihn aufgespürt, mit Vorwürfen überhäuft und angeschrien, und schließlich dafür gesorgt, dass er in einer Entzugsklinik einen Platz bekam. Ja, sie hatte ihn immer Vorwürfe gemacht, für seine Verfehlungen und Missetaten, aber – und die Erkenntnis durchfuhr ihn wie ein greller, schmerzender Blitz – sie hatte immer zu ihm gestanden und ihm geholfen, wieder auf die Beine zu kommen. Hätte sie ihm auch jetzt noch eine Chance gegeben?

Tränen füllten Edgars Augen und ein Schluchzen würgte in seiner Kehle. Irina war tot. Warum erkannte er erst jetzt, wie sinnlos der Mord gewesen war? Sie hätte ihn wegen seiner windigen Geschäfte sicher mit Anschuldigungen überschüttet, danach aber versucht, ihn zu helfen und seine Angelegenheiten ins Reine zu bringen. So war es immer gewesen und so war sie immer gewesen. Jetzt gab es niemanden mehr, der ihm beistand, egal, wie tief er sinken würde.

Ohnmächtig beugte er sich über die Leiche seiner Schwester, umarmte den kalten Körper, zitterte und weinte, wie er noch nie in seinem Leben geweint hatte.

Der Mond wollte schon im Meer versinken, als Edgar sich wieder einigermaßen in Griff bekam. Er schluckte die letzten Tränen hinunter und versuchte, einen klaren Gedanken zu fassen. Der Mord ließ sich nicht rückgängig machen. Er musste sich zusammenreißen und die Sache zu Ende bringen. Was blieb ihm anderes übrig?

Widerstrebend schob er das Bündel, das einmal seine Schwester gewesen war, näher zum Rand der Klippe.

»Beende es«, sprach er sich Mut zu. »Es muss weitergehen für dich. Du musst sehen, dass du heil aus dem Ganzen heraus kommst, am besten gleich den Koffer packen und ab nach Südamerika, bevor man Irinas Verschwinden bemerkt.«

Mit letzter Kraft drückte er die Leiche über den Klippenrand. Ein heftiger Ruck ging durch sein linkes Bein, und während Irina immer schneller ins Rutschen kam, verlor Edgar den Halt und wurde mitgezogen durch das Seil, in dem er sich verheddert hatte. Unbarmherzig zog ihn seine Schwester mit in die Tiefe.

Der Insolvenzverwalter

Der Asphalt endete abrupt. Verdutzt starrte Guttmann auf das Navigationsgerät. Der Stolz, eine Abkürzung weitab von den verstopften Autobahnen gefunden zu haben, schwand. Verärgert bremste er ab. Dort, wo die Landstraße hätte weiterführen sollen, schlängelte sich mühselig ein Trampelpfad, von beinhohem Gras fast überwuchert, einem Wald entgegen. Sonst nichts, nur Stoppelfelder, Wiesen und regennasse Stille. Die letzte Ortschaft, die er durchfahren hatte, lag verborgen hinter den wolkenverschleierten Hügeln, die ins Grau des Himmels übergingen.

Widerwillig verließ Guttmann die gemütliche Wärme seines Mercedes, ging ein paar Schritte den Pfad entlang, musste feststellen, dass er hier nicht weiter kam und kehrte zum Auto zurück. Als er wieder einsteigen wollte, vernahm er ein Surren, das sich stetig näherte. Ein Mofa kroch die geschwungenen Biegungen der Landstraße hinauf. Guttmann stellte sich auf die Straße und winkte dem Fahrer entgegen, dessen Gesicht von einem schwarzgetönten Helmvisier verdeckt war. Das Mofa wich Guttmann aus, knatterte vorbei, fuhr auf den Trampelpfad und verschwand hinter der nächsten Kurve.

Guttmann fluchte. Es blieb ihm wohl nichts anderes übrig, als zu wenden. Er setzte sich ins Auto und legte den Rückwärtsgang ein. Die Räder drehten durch, als sie beim Hin- und Hermanövrieren auf den morastigen Acker gerieten. Guttmann gab Gas, woraufhin sich die Reifen noch tiefer in den Schlamm bohrten. Ohne Hilfe kam er hier nicht mehr weg. Er griff in die Anzugtasche, holte sein Handy hervor und betrachtete entgeistert den nicht vorhandenen Empfangsbalken auf dem Display. Eines der letzten Funklöcher Deutschlands, und ausgerechnet hier musste ihm dieses Malheur passieren!

Guttmann schaute ratlos durch die Frontscheibe, auf die unaufhörlich Regentropfen tackerten und in kleinen Bächen abwärts perlten. Schließlich zoomte er die Karte des Navigationsgerätes größer. Wenn das vermaledeite Gerät ihn nicht schon wieder täuschte, so musste sich die Fabrik direkt hinter dem Wald befinden, der vor ihm lag - vielleicht ein Marsch von einer halben Stunde. Widerwillig stieg er aus dem Auto. Was blieb ihm anderes übrig.

Er zupfte seine Krawatte zurecht, knöpfte die Anzugjacke zu und holte Mantel und Regenschirm aus dem Kofferraum. Die Aktentasche nahm er ebenfalls mit - so würde er gleich mit der Arbeit beginnen können, wenn er in der Fabrik ankam. Bestimmt würde sich dort jemand finden, der sich zwischenzeitlich um sein Auto kümmerte. Missmutig folgt er dem Pfad und versuchte, die Feuchtigkeit zu ignorieren, die trotz Schirm von oben und unten auf ihn eindrang. Seine Schuhe schmatzten im feuchten Lehm.

Am Waldrand lag das Mofa achtlos hingeworfen im Gras. Guttmannn verlangsamte seine Schritte. Vor dem Wald, der wie eine undurchdringliche Wand das dämmrige Zwielicht des Tages schluckte, stand eine Bank, regengeschützt durch die überhängenden Äste einer Buche. Auf der Bank saßen vier Jugendliche, drei Jungen und ein Mädchen. Schweigend stierten sie in den Regen und rauchten. Der Boden vor ihnen war mit leeren Bierflaschen und Glassplittern übersät.

Guttmann räusperte sich. »Entschuldigen Sie bitte. Führt dieser Weg zur Fabrik der Firma Holzschwang?«

Die Jugendlichen hoben die Köpfe und sahen durch ihn hindurch. Einer - der mit dem Helm auf dem Schoß - schnipste Guttmann die Zigarette vor die Füße.

»Zur Fabrik? Was willst du da? Wird doch dicht gemacht. Ist doch alles am Arsch. Am Arsch der Welt«.

Das Mädchen kicherte.

»Ich muss trotzdem dorthin. Können Sie mir bitte sagen, ob ich auf dem richtigen Weg bin?«

»Da muss niemand mehr hin. Wozu auch?«

Es war sinnlos. Guttmann schüttelte den Kopf und wandte sich zum Gehen. Der Junge mit dem Helm sprang auf und verstellte ihm den Weg.

»Was willst du da? Die Maschinen abholen? Die Gebäude abreißen?«

Sein nach Bier und billigem Tabak riechender Atem schlug Guttmann ins Gesicht. Er wich angewidert zurück.

»Lassen Sie mich bitte durch. Ich habe einen Termin. Ich werde erwartet.«

»Was willst du in der Fabrik?«

In den Augen des Jungen flackerte etwas auf, was Guttmann beunruhigte. Der Junge packte ihn am Arm. Guttmann zuckte zusammen. Hilfesuchend sah er sich nach den Dreien auf der Bank um. Das Mädchen bohrte in der Nase und beobachtete sie interessiert, während die beiden anderen weiter stur in die Ferne blickten, Bier tranken und rauchten.

»Hören Sie mir zu.« Guttmann bemühte sich um einen beschwichtigenden Ton und versuchte vergeblich, die Hand des Jungen abzuschütteln. »Ich kann ja verstehen, dass Sie wütend über die Schließung der Fabrik sind. Es tut mir leid, wenn Sie dadurch Ihre Arbeit verloren haben.«

Der Griff des Jungen wurde fester. »Was willst du in der Fabrik?«

Guttmanns Arm fing an zu schmerzen, und seine Finger wurden taub. Er biss die Zähne zusammen und drehte den Kopf beiseite. Mühsam atmete er tief durch und den würzigen Geruch triefender Tannen ein. In der Ferne krächzte eine einsame Krähe.

»Ich bin Insolvenzverwalter und muss dafür sorgen, dass die Arbeiter ihren letzten Lohn bekommen. Also lassen Sie mich los und endlich weitergehen.«

Der Junge grinste unfreundlich. »Hast du das Geld da drin, in deiner Tasche?«

»Natürlich habe ich kein Geld dabei. Und jetzt lassen Sie mich endlich los, man erwartet mich!«

Peinlich berührt bemerkte Guttmann ein Flehen in seiner Stimme. Der Junge streckte fordernd seine freie Hand aus.

»Gib die Tasche her, dann kannst du gehen.«

»Nein, da ist kein Geld drin, nur meine Unterlagen, die sind wertlos für Sie.«

Guttmann Finger krallten sich fest in den Griff der

Aktentasche. Hinter sich hörte er die Bank knarren.

»Lasst ihn doch in Ruhe.« Das Mädchens klang gelangweilt.

»Du Scheisser!«, sagte der Junge mit dem Helm und trat Guttmann gegen das Schienbein. Fassungslos stöhnte der Insolvenzverwalter auf.

Mit einem jähen Ruck entriss ihm jemand die Tasche. Guttmann fuhr herum.

»Gebt Sie wieder her!« Seine Stimme überschlug sich.

Der Junge mit dem Helm ließ ihn los, und einer der anderen packte seinen Arm und zog ihn fest auf den Rücken. Hilflos musste Guttmann zusehen, wie der Junge mit dem Helm die Aktentasche öffnete und wahllos Papiere hervorzog.

»Insolvenzverwalter. Cooler Job. Ich hatte eine Lehrstelle. Stand Tag für Tag an der Fräse. War ziemlich öde. Aber besser als nichts.« Betont langsam zerriss er die Papiere. »Und jetzt? Jetzt bauen Sie meine Fräse ab und schiffen sie zu den Kanacken.«

Er spuckte dem Insolvenzverwalter ins Gesicht. Die Papierfetzen sanken achtlos zu Boden.

»Lasst mich«, japste Guttmann.

»Lasst ihn doch«, echote das Mädchen tonlos im Hintergrund.

Der Junge mit dem Helm schlug Guttmann die Aktentasche ins Gesicht. Guttmann taumelte. Ein jäher Schmerz durchzuckte ihn, als ein Fußtritt seine Wirbelsäule bog. Ein Schlag in den Bauch, er krümmte sich, Glas splitterte auf seinem Kopf. Regentropfen, Blut und Tränen flossen in Guttmanns stöhnenden Mund. Eine Faust schoss seinen verklebten Augen entgegen. Guttmann hörte jemanden jaulen und begriff vage, dass er es selbst war. Alles um ihn herum schwankte, und wie in Zeitlupe näherte sich sein Körper dem Boden, dem nassen, breiigen, kalten Boden, mit knorrigen Wurzel durchzogen, hart und weich zugleich, und seine Zähne schmeckten die verrottende Erde. Das Letzte, was er sah, war ein Stiefel, der auf seinen Laptop herumtrampelte. Dann umfing ihn schwarze Leere.

Der Regen ließ nach. Langsam zog Nebel auf über den Tannenwipfeln und den von Feuchtigkeit schweren Wiesen und Feldern, die sich endlos bis an den Horizont zogen. Eine Krähe pickte lustlos an dem schlammverschmierten Leder der Aktentasche herum, stieß ein Krächzen aus und flog krächzend davon. In der Ferne verklang das Surren eines Mofas.

Der kleine Bruder

Mein Flug in den Jemen verzögerte sich. Die Impfstofflieferung, ohne die mein Einsatz sinnlos war, ließ auf sich warten, und ich saß in Berlin fest. Während kalte Novemberschauer gegen das Fenster des Hotelzimmers prasselten, verbrachte ich die Zeit damit, ziellos im Internet herum zu surfen. Irgendwann blieb ich auf der Facebook-Seite meines Bruders hängen. Ich hatte Jimmi das letzte Mal auf der Beerdigung unserer Eltern gesehen, die vor zehn Jahren bei einem Segelunfall im Mittelmeer ums Leben gekommen waren. Nachdem jeder von uns seinen Erbteil erhalten hatte, gingen unsere Wege auseinander.

Trotz meiner Abneigung gegen Facebook hatte ich mir vor einiger Zeit ein Konto angelegt, um den Kontakt zu ein paar Kollegen aufrechtzuerhalten. Prompt war eine Freundschaftsanfrage von Jimmi gekommen. Als Kinder hatten wir nicht viel miteinander anfangen können. Die Rolle der großen, fürsorglichen Schwester lag mir nicht. Ich sah in ihm einen verwöhnten Bengel, der Ärger machte und störte. Trotzdem reizte es mich, zu erfahren, was aus ihm geworden war, und ich hatte seine Anfrage angenommen.

Seitdem warf ich alle paar Wochen einen flüchtigen Blick auf seine Posts, in denen er munter mit seinem Jetset Leben prahlte. Die Fotos zeigten Jimmi mit Bikinimädchen an der Copa Cabana, Jimmi auf Parties in New York, Singapur und Amsterdam, Jimmi zusammen mit bedeutend aussehenden Männern in schwarzen Anzügen zwischen atemberaubenden Wolkenkratzern. Auf einem Gruppenbild vor dem Moskauer Kreml stand er direkt hinter dem russischen Präsidenten.

Aus den Einträgen hatte ich erfahren, dass er, wenn er nicht gerade durch die Welt reiste, in Berlin wohnte. Ohne länger darüber nachzudenken, schickte ich ihm eine Nachricht. Die Antwort ließ bis zum nächsten Nachmittag auf sich warten.

Klar wäre es schön, sich mal wieder zu sehen. Heute Abend würde bei ihm eine kleine Party für ein paar Geschäftspartner stattfinden; ich könnte trotzdem gerne vorbeikommen. Er nannte mir seine Adresse. Erst spielte ich mit dem Gedanken, die Einladung abzusagen. Aber dann rief ich mir ein Taxi und fuhr hin.

Die Villa im Grunewald lag hinter einer hohen Mauer, die mit Stacheldraht und Überwachungskameras gespickt war. Nachdem ich am Eingangstor geklingelt und meinen Namen genannt hatte, öffnete sich das Tor wie von Zauberhand, und ich schritt durch einen weitläufigen Park auf ein weiß schimmerndes Gebäude zu. Vom sternenklaren Nachthimmel warf der Vollmond bleiche Schatten auf einen gepflegten Rasen.

Eine Kindheitserinnerung tauchte in mir auf. Unsere Eltern hatten uns mal wieder der Obhut eines Au-pair-Mädchens überlassen, während sie an einem Segeltörn teilnahmen. Ich konnte nicht einschlafen. Eine laue, mondhelle Sommernacht lockte, und ich sprang aus dem Bett und weckte Jimmi, der mir schlaftrunken folgte. Wir schlichen an dem vor dem Fernseher schnarchenden Mädchen vorbei und verließen das Haus. Draußen im Garten warfen wir uns ins Gras, atmeten tief den frischen Duft nach Tau und Blumen ein und tanzten im Mondlicht mit den Mücken, jauchzten und sangen, bis unsere vom Lärm aufgescheuchte Aufpasserin ergrimmt aus dem Haus schoss und uns zurück in die Betten jagte. Jimmi hatte so unbefangen und glücklich ausgesehen, und nie wieder war ich ihm so nahe gewesen wie an diesem Abend.

Ein Mann mit knitterigem Jackett, schütterem Haar und einer Narbe auf der linken Wange öffnete mir die Tür.

»Frau Doktor Hansen? Kommen Sie, Herr Hansen erwartet Sie schon.«

Der Mann sprach mit unverkennbar osteuropäischem Akzent. Er führte mich durch eine weitläufige Eingangshalle, in der es nach billigem Parfüm und abgestandenem Zigarettenrauch roch. An den Wänden hingen dunkle Ölgemälde in pompösen Goldrahmen über zierlichen Edelholztischchen, die unter der Last bauchiger, blumenloser Vasen zu stöhnen schienen. Das grelle Licht eines bombastischen Kristall-Kronleuchters kroch vulgär in jede Ecke des Raumes. Hier wohnte mein Bruder? Ich konnte es kaum glauben.

Der Mann mit der Narbe führte mich vorbei an plaudernden Grüppchen von Partygästen. Die meisten Männer trugen teure, aber schlecht sitzende Anzüge, und es gab kaum eine Frau, die nicht mit einem enganliegenden, fast obszön ausgeschnittenen Kleid bekleidet war. Einige drehten sich nach uns um und musterten mich gleichgültig über den Rand ihrer Cocktailgläser hinweg.

Da kam uns auch schon Jimmi entgegen, mit diesem unwiderstehlichen Lausbubengrinsen im Gesicht. Er trug einen weißen Anzug à la Gatsby. Seine Umarmung war so heftig, dass mir für einen Moment die Luft wegblieb. Lachend dirigierte er mich zu einem Zimmer am Ende der Halle, das von dunklen Mahagonimöbeln erdrückt wurde.

»Möchtest du etwas trinken?« Er wartete meine Antwort nicht ab, sondern holte eine Champagnerflasche aus dem Kühlfach eines großzügig bestückten Barschranks.

Ich beobachtete ihn schweigend und versuchte, den kleinen, auf der Wiese tanzenden Jungen wieder zu erkennen. Es gelang mir nicht. Jimmis Grinsen war älter geworden und wirkte aufgesetzt. Seine Hände zitterten leicht, als er den Champagner in zwei Gläser goss. Mehrmals warf er einen unsteten Blick Richtung Tür, als ob dort draußen etwas wartete, was ihn unwiderstehlich anlockte. Über dem Strahlen seiner tiefblauen Augen, das ihn früher die Welt zu Füßen gelegt hatte, lag ein diffuser Schatten.

»Schwesterchen, erzähl doch, wie ist es dir in den letzten Jahren so ergangen? Immer noch selbstlos unterwegs für die Kranken und Bedürftigen?«

Ich erzählte ihm von meinen Auslandseinsätzen, aber es schien ihn nicht sonderlich zu interessieren. Er nickte ab und zu, ohne Zwischenfragen zu stellen, und trank viel zu schnell seinen Champagner aus.

»Und wie läuft es bei dir so, Jimmi?«

»Ach, alles bestens. Du siehst ja.« Er breitete die Arme aus, als wollte er die ganze Welt umfassen. »Diese Hütte ist nicht gerade ärmlich. Die Geschäfte laufen gut. Mir fehlt nur noch meine Traumfrau, dann wäre alles perfekt.« Er lachte laut, als ob er einen guten Scherz gemacht hätte. »Aber dir scheint ja auch noch kein Traummann über den Weg gelaufen zu sein.«

Ich schwieg und war froh, das Jimmi das Thema wechselte und anfing, mit prominenten Bekanntschaften, Villen, Autos und Yachten zu prahlen.

»So, Schwesterchen, es tut mir schrecklich leid, aber nebenan warten ein paar wichtige Leute auf mich - in meinem Business muss man immer am Ball bleiben.« Er zückte sein Handy und tippte fahrig auf der Tastatur herum. »Sergej wird dich zur Tür bringen.«

»Was für Geschäfte machst du eigentlich?«, fragte ich.

»Alles mögliche - du weißt schon, hier ein bisschen investieren, dort etwas vermitteln.« Seine Augen zuckten nervös. »Wenn du wieder nach Berlin kommst, melde dich rechtzeitig. Dann kann ich mehr Zeit für uns einplanen.«

Vor der Tür wartete Sergej. Jimmi drückte mir einen flüchtigen Abschiedskuss auf die Wange, drehte sich und eilte davon. Er verschwand in einem Raum, der links von der Halle abging. Der Weg zum Ausgang führte an dem Raum vorbei, dessen Tür offen stand. Ich verzögerte meinen Schritt und sah hinein. Jimmi hatte sich zu ein paar Gästen an einen runden, mit grünem Filz bespannten Tisch gesetzt und stierte mit angespannter Miene auf einen Mann, der Spielkarten austeilte.

Einen Tag später startete endlich die Reise in den Jemen. Die dort geplante Impfaktion war von vorneherein zum Scheitern verurteilt. Es fehlte an Medikamenten, Fahrzeugen, Genehmigungen und Dolmetschern. Wir brachen den Einsatz ab, und ich flog frustriert nach Zürich zurück, wo ich seit meiner Studienzeit wohnte. Auf den nächsten Auslandseinsatz wartend, verbrachte ich die Tage mit Schreibtischarbeit und langen Spaziergängen am See, während der erste Winterfrost von den Bergen herüberwehte.

Jimmi schwirrte mir die ganze Zeit im Kopf herum. Wir hatten keine Telefonnummern ausgetauscht, und ich bat ihn auf Facebook um einen Anruf. Er antwortete nicht. Er hatte seit unserem Treffen auch nichts Neues gepostet. Irgendwann hielt ich die Stille im Internet, am

See und in meinem Haus nicht mehr aus und buchte einen Flug nach Berlin.

Es dämmerte bereits, als ich vor Jimmis Villa aus dem Taxi stieg und durch verklumpten Schneematsch zum Eingangstor stakste. Ich klingelte. Niemand öffnete. Durch die Eisengitterstäbe des Tores sah ich eine Gestalt, die den Weg zur Villa vom Schnee freischaufelte. Ich winkte, um auf mich aufmerksam zu machen. Die Gestalt hielt inne und kam zögernd auf das Tor zu. Es war Sergej, der Mann mit der Narbe auf der Wange.

»Es ist keiner da. Bitte gehen Sie!«, erwiderte er, nachdem ich ihn nach meinem Bruder gefragt hatte. Dabei rollte er merkwürdige mit den Augen in Richtung Himmel. Ich folgte seinem Blick und entdeckte eine Überwachungskamera oberhalb des Tores. Sergej zwinkerte rasch zwei Mal nach rechts, bevor er sich umwandte und wieder zu schaufeln anfing. Ich war unsicher, ob ich seine Zeichen richtig verstanden hatte. Zögernd wandte ich mich in die Richtung, in die er gewiesen hatte, und kam zu einer niedrigen Pforte, die in der Mauer, die die Villa umschloss, eingelassen war. Wenige Minuten später wurde sie geöffnet, und Sergej schlüpfte hinaus.

»Kommen Sie.« Er nahm meinen Arm und zog mich auf die andere Straßenseite, hinein in einen Park gegenüber der Villa. An einer Bank unter einer Eiche hielt er inne.

»Ich darf mich eigentlich nicht mit Ihnen unterhalten«, sagte er und sah sich vorsichtig um. »Es könnte gefährlich werden, sowohl für mich als auch für Sie.«

»Was ist los? Wo ist mein Bruder?« Die Kälte der nahenden Winternacht kroch in mir hoch, und mit ihr eine ungewohnte Angst um Jimmi, die um vieles heftiger war als damals - es schien mir hunderte von Jahren fern zu sein -, als er aufgrund der Unaufmerksamkeit unseres Au-pair-Mädchens fast an einer Blinddarmentzündung gestorben war

»Wissen Sie«, sagte Sergej. »Ich bin nur ein kleiner Hausmeister. Da verdient man nicht viel, und die Familie daheim in Novosibirsk - Sie verstehen, das Leben ist hart, und ich riskiere viel, wenn ich mit Ihnen rede.«

Ich zog mein Portemonnaie hervor und überprüfte den Inhalt. Zweihundert Euro. Ich drückte sie Sergej in die Hand. Er stopfte die Scheine in seine Manteltasche und kratzte sich verlegen am Kopf.

»Sehen Sie, Jimmi war ein guter Freund von mir, daher werde ich ehrlich zu seiner Schwester sein. An dem Abend, als Sie ihn besuchten, hat Ihr Bruder Ihnen etwas vorgespielt. Die Villa gehört nicht ihm, sondern unserem Boss. Jimmi arbeitete für ihn als Body Guard.«

Ich glaubte, mich verhört zu haben. »Aber die Party und all die Leute, und Sie als Butler - das alles soll nicht echt gewesen sein?«

»Jimmi hatte mir genug geboten, damit ich das Spiel mitmache. Er wollte mit der Party gewisse Leute beeindrucken und mit ihnen ins Geschäft kommen. Der Boss kommt nicht oft nach Berlin, aber Jimmi hat es übertrieben. Kein Wunder, dass die Sache aufflog.«

Sergejs saurer Atem schwebte wie eine Wolke zwischen uns.

»Was für Geschäfte?«

Sergej zuckte mit den Achseln. »Das Übliche eben. Schnell verdientes Geld. Üble Partner. Üble Waren. In diesem Fall Kokain.«

Mir wurde schwindlig, und ich hätte mich am liebsten auf die Bank gesetzt. Aber der Schnee, der sie bedeckte, zwang mich, stehen zu bleiben.

»Es war von Anfang an kein guter Plan«, fuhr Sergej fort. »Jemand muss Jimmi verraten haben. Man kann niemanden mehr trauen. Und der Boss war gar nicht erfreut darüber, dass ihm einer seiner Leute Konkurrenz machen wollte.« Mit betrübter Miene schüttelte Sergej den Kopf, aber seine Betrübtheit wirkte genau so falsch wie die Show, die Jimmi vor mir abgezogen hatte.

Ich fühlte mich betrogen und aufgesogen in ein bodenloses Loch voller Mattigkeit und Leere.

»Wo ist Jimmi?«, fragte ich leise.

Sergej stierte auf den Boden, als ob dort zwischen gefrorenem Schlamm und vertrocknetem Laub etwas seine Aufmerksamkeit geweckt hätte.

»Ich bin nur ein kleiner Hausmeister«, murmelte er. »und die Familie braucht mein Geld.« Er hob den Kopf. »Es tut mir leid um Jimmi. Und jetzt gehen Sie.« S

Sergej stapfte davon, und das Knirschen des Schnees unter seinen Stiefeln wurde immer leiser, bis es vollends erstarb.

Eine Weile blieb ich dort stehen, in diesem Park an der Bank unter der Eiche, und ich sah den Schneeflocken zu, die im Schein einer Laterne über die weißen Wiesen tanzten. Dann schrie ich all die Jahre ohne Bruder in die Stille der Nacht hinaus, und meine Tränen gefroren zu Eis.

Die Schatten der Levada

Das Dorf bestand aus einer Ansammlung baufälliger Häuser und einem kleinen Gasthof. Erik fuhr den Mietwagen auf eine staubige, von einer bröckelnden Betonmauer eingegrenzte Parkfläche und stellte das Auto zwischen einem verrosteten Pritschenwagen und zwei altersschwachen Mopeds ab. Schon beim Aussteigen lief ihm der Schweiß von der Glatze, und als er die Reisetasche aus dem Kofferraum hob, klebte das Hemd an seinem massigen Körper. Vor dem Eingang zum Gasthof blieb er stehen und sah sich um.

Hier also waren seine Eltern vor zwei Monaten mit ihrer Reisegruppe zu einer Wanderung gestartet. Zuerst waren sie einer Levada - einer der für Madeira typischen Wasserkanäle - gefolgt. Auf einer Hochebene wurden sie vom Nebel überrascht, und einige aus der Gruppe verirrten sich. Nachdem der Nebel sich gelichtet hatte, waren sie wieder zusammengekommen. Nur sein Vater blieb verschwunden. Nach längerer Suche fanden sie ihn reglos an einem Felsen gelehnt.

»Herzinfarkt aufgrund von Überanstrengung«, stand im Totenschein.

Überanstrengung! Erik schüttelte den Kopf. Sein Vater war regelmäßig zum Arzt gegangen und trotz seines Alters noch auf sämtliche Berge der Alpen gestiegen. Während der Levada Wanderung hatten sie sogar kurz miteinander telefoniert, und sein Vater hatte unternehmungslustig geklungen wie immer.

Die Zweifel an der Todesursache nagten an Erik - ähnlich wie die ungelösten Fälle, die er im Laufe seiner polizeilichen Laufbahn hatte hinnehmen müssen.

Hinzu kamen die Sorgen um seine Mutter. Seit ihrer Rückkehr von Madeira wurde sie von Angstattacken gequält, gegen die nur starke Beruhigungsmittel halfen.

Nicht einmal Eriks geduldige Frau Teresa – eine Portugiesin, die er in Lissabon kennen und lieben gelernt hatte – konnte sie beruhigen, wenn sie zitternd anfing, von etwas unbegreifbar Schrecklichem zu erzählen, was sie verfolgt hätte, nachdem die Gruppe durch eine der Hauptattraktionen der Wanderung, einem Levadatunnel, gegangen war. Sie war fest davon überzeugt, dass dieses Entsetzliche, das sie nicht beschreiben konnte, den Tod des Vaters verursacht hatte.

»Du musst etwas tun«, hatte Teresa gesagt. »Sie wird noch verrückt, und wir auch!«

»Was soll ich denn machen?«, hatte Erik gereizt erwidert.

»Zeige ihr, dass du dich kümmerst, forsche ein wenig nach, schließlich bist du der Ermittler in der Familie! Vielleicht kannst du deine Mutter am Ende davon überzeugen, dass keine seltsamen Geister am Tod deines Vaters Schuld waren, sondern sich alles ganz vernünftig erklären lässt.«

Erik hatte begonnen, über die ihm zur Verfügung stehenden Kanäle Erkundigungen einzuziehen.

Der Totenschein war von einem einheimischen Dorfarzt ausgestellt worden. Niemand hatte die Diagnose überprüft. Bei ein paar Mitgliedern der Reisegruppe, die zur Beerdigung erschienen waren, hatte sich Erik bereits nach Auffälligkeiten während der Wanderung erkundigt. Er rief sie alle noch einmal an. Es ergab sich kaum Neues. Lediglich zwei Frauen erzählten von einem eiskalten Lufthauch, der durch den Tunnel der Levada geweht war, und sie hatten nach der Durchquerung ein seltsames Unbehagen verspürt.

In den Online-Archiven madeirischer Zeitungen stieß Erik auf drei tödliche Unglücksfälle in den letzten beiden Jahren, die sich in der Wanderregion ereignet hatten: ein Felsabsturz bei Nebel und zwei weitere Herzinfarkte – Merkwürdigkeiten, jedoch keine konkreten

Anhaltspunkte, um eine Reise nach Madeira zu recht-fertigen. Erik flog trotzdem.

Als er den Schankraum des Gasthofs betrat, schlug ihm ein sengender Duftschwall aus Bierdunst und Schweiß entgegen. Hinter der Theke stand eine ältere, hagere Frau, der die Sonne tiefe Furchen ins Gesicht gebrannt hatte. Sie entpuppte sich als die Besitzerin des Gasthofs, und Erik buchte bei ihr ein Zimmer und bestellte ein Bier. Unter den neugierigen Blicken der Männer, die vor der Theke herumlungerten, setzte er sich an einen wackligen Holztisch. Als die Gastwirtin, die sich als Dona Catarina vorstellte, ihm das Bier brachte, erkundigte er sich nach dem Arzt, der den Tod seines Vaters bescheinigt hatte.

»Doktor Sanchez? Der steht dort vorne an der Theke.« Sie wies auf einen grauhaarigen Mann mit hoch-rotem Gesicht, der gerade ein Schnapsglas leerte. Der Mann wandte sich um, als er seinen Namen hörte, und wankte an Eriks Tisch.

»Sie haben nach mir gefragt?«

Eine Fahne verschiedenster Alkoholsorten schlug Erik entgegen, so dass er sich wunderte, dass der Mann überhaupt noch stehen konnte. Er lächelte den Arzt höflich an und bat ihn, sich zu setzen.

Ja, Doktor Sanchez konnte sich gut an Eriks Vater und an die anderen Todesfälle - alles Touristen, die an der Levada entlang gewandert waren - erinnern.

»Die Urlauber unterschätzen den Berg, die Hitze und die plötzlichen Wetterumschwünge.« Doktor Sanchez schüttelte den Kopf. »So tragisch, besonders der Absturz der jungen Frau.«

Erik bestellte ein Bier für den Arzt, der nicht mehr aufhörte zu reden. Die Geschichten wurden immer wirrer, bis schließlich sein Kopf auf den Tisch sank und dabei die Bierflasche umstieß. Dona Catarina trat kopfschüttelnd heran, stellte die Flasche wieder auf und wischte die Bierpfütze weg. Vom Doktor war nur noch ein lautes Schnarchen zu hören.

»Wenn Sie krank sind«, fragte Erik die Frau, »Gehen Sie dann zu ihm oder zu einem anderen Arzt?«.

Dona Catarina lachte höhnisch. »Zu ihm? Der kann doch nicht mehr einen Schnupfen von einer Schwangerschaft unterscheiden!«

Sie seufzte. »Früher, da war er ein guter Arzt. Aber seit seine Frau gestorben ist ...« Ihre Finger krallten sich fest in das Wischtuch, so dass ein paar Tropfen auf den Boden rannen, und sie starrte Erik durchdringend an.

»Ich habe gehört, wie Sie sich nach der Levada erkundigt haben.« Sie beugte sich näher zu ihm hin und senkte ihre Stimme. »Glauben Sie mir, keine zehn Maultiere würden mich dort hinbringen. Es gibt uralte Geschichten. Und wenn Sie mich fragen: Etwas Schreckliches ist dort wieder geweckt worden.« Sie verdrehte die Augen und ihre Lippen bewegten sich wie zu einem stummen Gebet.

»Was soll denn wieder aufgewacht sein?«, fragte Erik mehr aus Höflichkeit als aus Interesse an den Schauergeschichten der Wirtin.

»Die Schatten«, erwiderte Dona Catarina. »Meine Urgroßmutter hat mir von ihnen erzählt, und sie wusste es von ihrer Großmutter und diese von der ihren.« Sie legte ihm ihre runzlige Hand auf die Schulter. »Jahrhunderte lang haben wir die Ruhe der Schatten respektiert. Wenn wir durch den Tunnel gehen mussten, beteten wir leise für die Menschen, die in alten Zeiten auf die Insel verschleppt wurden und beim Bau der Levada in brütender Hitze und schwindelerregender Höhe litten und starben. Ihre Schatten kommen nicht zur Ruhe und sinnen nach Rache für die Grausamkeiten, die man ihnen zugefügt hatte. Störst du sie, verfolgen sie dich und hauchen dich mit ihrem kalten Atem an, so dass dein Blut gefriert.« Sie schien zu merken, dass Erik ihr nicht glaubte. »Der Levadeiros, dessen Aufgabe es ist, den Kanal zu reinigen, hat gefrorene Blumen am Eingang des Tunnels gesehen - und das an einem heißen Sommertag!«

»Wo kann ich diesen Levadeiros finden?«, fragte Erik. Dona Catarina sah ihn bedeutungsvoll an.

»Er hat gekündigt und seine Sachen gepackt. Wir haben noch keinen Neuen gefunden.«

Sie schnappte sich die Bierflasche und ging davon. Von den Männern an der Theke, die das Gespräch mitverfolgt hatten, schlenderte einer zu Erik hinüber.

»Unsere alte Catarina«, sagte er und grinste. »Pedro Ferreira mein Name. Ich bin Lehrer an der hiesigen Oberschule. Ich hoffe, Sie hat sie nicht zu sehr erschreckt.«

»Sie sprach von gefrorenen Blumen, Sklaven und Schatten. Was hat das zu bedeuten?«

»Ein bisschen Gruselfolklore für die Touristen mit einem wahren Kern«, sagte Senhor Ferreira. »Die meisten Levadas sind im fünfzehnten Jahrhundert angelegt worden. Man brauchte das Wasser für den Zuckerrohranbau. Die Bauarbeiten an den steilen Hängen waren lebensgefährlich, und wurden, wie damals üblich, hauptsächlich von Sklaven verrichtet. Dabei muss es viele tödliche Unfälle gegeben haben. Der Rest ist Weibergeschwätz. Ich bin auf Madeira geboren und noch nie irgendwelchen Schattengeistern begegnet.«

Senhor Ferreira schüttelte den schlafenden Doktor leicht an der Schulter.

»Ich rufe jetzt besser seinen Sohn an, damit er ihn abholt.«

Er zückte sein Handy und telefonierte. Dann wandte er sich wieder Erik zu.

»Seit zwei Jahren haben wir hier endlich Empfang, nachdem der Mast dort oben aufgestellt wurde.«

Er wies in Richtung Fenster, durch das man eine graue Bergkette erkennen konnte, die sich über das Dorf erhob. Auf einem der höchsten Gipfel glitzerte ein spitzer Eisenturm in der Sonne.

»Selbst in den Kanaltunneln ist es jetzt möglich, zu telefonieren. Ist das nicht unglaublich?«

Erik trank sein Bier aus, verabschiedete sich von dem Lehrer und zog sich in sein Zimmer zurück. Erschöpft ließ er sich auf das Bett fallen. Wenn er seiner Mutter von diesen Schauermärchen und von dem betrunkenen Doktor erzählte, würde sie sich noch mehr aufregen.

Am nächsten Morgen packte er seinen Wanderrucksack. Dona Catarina, die den Schankraum ausfegte, sah ihm mit finsterem Blick hinterher, als er den Gasthof verließ.

Zuerst stieg der Weg steil an. Er kam nur langsam voran, bis er den Pfad an der Levada erreichte. Schwer atmend hielt er inne. Ihm war schwindlig von der ungewohnten Anstrengung, und er spielte kurz mit den Gedanken, einfach umzukehren. Nein, diese Erkundung war er seiner Mutter schuldig. Er würde sie besser von der Harmlosigkeit des Weges überzeugen können, wenn er selbst die Wanderung unternahm. Grimmig entschlossen schritt er voran und war erleichtert, dass der Pfad an dem Kanal nur noch leicht anstieg. Schließlich kam er an die Stelle, wo das Wasser in einem Felsloch verschwand. Erik setzte eine Stirnlampe auf und betrat den Tunnel. Je weiter er kam, desto feuchter und enger wurde es. Der unterirdische Kanal wand sich, so dass weder der Eingang noch der Ausgang zu sehen waren. Ein Gefühl von Platzangst keimte in Erik auf. Er lief schneller, geriet ins Stolpern und konnte sich gerade noch mit den Händen auf dem glitschigen Boden abstützen. Fluchend rappelte er sich wieder hoch und bewegte sich vorsichtig voran. Endlich erblickte er das

Licht am Ende des finsteren Gangs. Erleichtert aufatmend trat er wenige Minuten später in die grelle Sonne. Für einen Moment setzte er sich auf einen Felsen, um sich auszuruhen. Hatte er etwas Ungewöhnliches bemerkt? Nein, da war nur seine kurze Panik gewesen, die sich angesichts der Dunkelheit und Enge im Tunnel leicht erklären ließ.

Erik griff in die Seitentasche des Rucksacks, um auf seinem Handy nachzusehen, wie spät es war. Die Tasche war offen und das Handy verschwunden. Er fluchte. Wahrscheinlich hatte er den Reißverschluss beim Packen nicht ordentlich zugezogen, und bei dem Sturz war das Handy hinausgefallen. Es blieb ihm nichts anderes übrig, als umzukehren und das Gerät zu suchen. Langsam ging er den Weg zurück und leuchtete mit Lampe den Boden ab. Plötzlich hörte er ein leises Summen. Der Anrufton des Handys! Es lag in einer Felsspalte, keine zwei Meter von ihm entfernt. Er hob es auf. Im Display stand der Name seiner Frau.

»Hallo Teresa. Ja, mir geht es gut. Ich wandere gerade an dieser Levada entlang. Nein, mach dir keine Sorgen, es ist alles in Ordnung.«

Schnell beendete er das Telefonat, denn er wollte so rasch wie möglich den engen Gang verlassen.

Plötzlich spürte er einen eisigen Hauch durch den Tunnel wehen. Wo kam auf einmal diese Kälte her? Zitternd fiel der Strahl seiner Stirnlampe auf eine glitzernde Stelle an der Felswand. Er tastete sie ab. Es war pures Eis. Eriks Beklemmung wuchs und trieb ihn im Eiltempo Richtung Ausgang. Diesmal hielt er nicht an, als er ins Sonnenlicht trat. So schnell es die sengende Hitze und seine schlechte Kondition erlaubten, hastete er keuchend voran, bis er einen Lorbeerwald mit uralten, knochigen Bäumen erreichte. Ihn beschlich das Gefühl, dass hinter den rotblättrigen Zweigen, die ihre flimmernden Schatten auf ihn warfen, etwas lauerte. Tief durchatmend versuchte er, einen klaren Kopf zu bekommen.

Hatten seine Mutter und ihre Wanderfreundinnen das Gleiche gespürt wie er? Er rief sich die Ereignisse der letzten Stunden ins Gedächtnis. Alles hatte sich normal angefühlt, bis – ja, bis er Teresas Anruf im Tunnel erhalten hatte. Das Handy. Was hatte der Mann in der Bar gesagt? Erst seit zwei Jahren hatten sie hier Empfang, sogar in den Tunneln. Vor zwei Jahren hatten diese Todesfälle angefangen. Wann waren dem Levadeiros die gefrorenen Blumen das erste Mal aufgefallen? Er hatte vergessen, nachzufragen.

Erik nahm einen kräftigen Schluck aus seiner Trinkflasche und goss sich Wasser über das Gesicht. Dann
wanderte er weiter unter dem dichten Laub des Waldes,
und nach jedem Schritt kamen ihm seine Gedanken
über Handys, Todesfälle und gefrorene Blumen
absurder vor.

Der Lorbeerwald lichtete sich, und er erreichte die
mit kargen Wiesen bedeckte Hochebene. Dunst zog auf,
und ehe er sich versah, verschluckte eine undurchdringliche Nebelwand die Welt um ihn herum. Eine Weile
gelang es ihm, dem Wanderpfad im ausgetretenen Gras
zu folgen; dann verlor sich die Spur auf felsigem Boden.
Unsicher blieb Erik stehen. Was sollte er tun? Warten,
bis der Nebel sich lichtete? Oder sich behutsam vorwärts tasten, in der Hoffnung, auf eine Wegmarkierung
zu stoßen?

Plötzlich vermeinte er zu spüren, dass sich hinter
seinem Rücken etwas näherte. Er wandte sich um. In
der weißen Wand, die ihn umgab, tauchten dunkle Stellen auf, die beharrlich wuchsen und eine Kälte ausstrahl-
ten, die Erik bis in die Knochen spürte. Er stolperte
zurück und stieß an eine Felswand. Seine Finger krallten
sich in das harte Gestein, Frost klammerte sich um sein
Herz, und er fühlte sich wie gelähmt. Ihn überfiel das

Bedürfnis, sich einfach fallen zu lassen und einzuschlafen, um diesem Grauen zu entkommen. Als die schwarzen Schatten so nah waren, dass sie das letzte Weiß des Nebels ausfüllten, knirschte gefrorenes Gras unter Eriks Stiefeln. Der letzte Gedanke, der ihm durch den Kopf schoss, bevor sein Bewusstsein in einen ewigen Dämmerzustand überging, war, dass ihm das hier kein Mensch glauben würde - außer Dona Catarina.

Der Doktor erwachte gegen Mittag mit trockenem Mund und fürchterlichen Kopfschmerzen. Eine vage Unruhe trieb ihn aus dem Bett. Er zog sich an und ging wie jeden Tag zuerst zum Gasthof, um ein Bier zu trinken.

»Ist der Deutsche abgereist?«, fragte er Dona Catarina.

Sie schüttelte den Kopf. »Er ist heute Morgen zu einer Wanderung aufgebrochen.«

»Wohin?«

»Das können Sie sich ja denken.«

Doktor Sanchez trat vor die Tür und sah hinauf zu dem Berg, auf dem sich die Hochebene befand. Die Spitze war von Wolken eingehüllt. Voll düsterer Vorahnungen kehrte er nach Hause zurück und stieg in seinen alten Fiat. Auf kurvigen Wegen fuhr er den Berg hinauf bis zu einem einsamen Parkplatz, der unterhalb der Hochebene am Endpunkt des Wanderweges lag.

Der Nebel lichtete sich, als er die letzten Meter mühsam hinaufstieg. Er folgte den schmelzenden Spuren der Eiskristalle, die zu einem mannshohen Felsen führten, an dem eine Gestalt mit weit aufgerissenen Augen lehnte. Der Doktor tastete die blassblaue Haut des toten Deutschen ab. Er trank zu viel, und viele zweifelten deshalb seine ärztlichen Fähigkeiten an, aber hier waren die Symptome eindeutig. Der Mann war erfroren.

Doktor Sanchez schloss Erik die Augen. Lange blickte er den letzten Nebelschwaden nach, die sich zum Lorbeerwald zurückzogen und dort auflösten. Dann ging er zum Parkplatz zurück. Nachdem er einen Freund angerufen hatte, der in Funchal ein Beerdigungsinstitut besaß, griff er mit zitternden Händen nach einer Flasche Absinth, die auf dem Beifahrersitz seines Autos lag. Er holte einen Ordner und einen Kugelschreiber aus dem Kofferraum und setzte sich auf eine der Picknickbänke am Rande des Parkplatzes.

Sie würden ihn alle für verrückt halten, wenn er die wahre Todesursache in den Totenschein eintrug. Seine Kinder würden ihn entmündigen. Er würde seine Approbation verlieren. Nach einem Schluck Absinth füllte er das Formular aus und unterschrieb es. Dann trank er weiter und wartete.

Als der Transporter des Beerdigungsinstituts eintraf, war die Flasche leer.

»Der arme Mann, ein Herzinfarkt«, sagte Doktor Sanchez und wies den beiden Sargträgern den Weg.

Jagdzeit

»Aaargh!«

Frau Lüderitz-Schaumgruber stöhnte schmerzerfüllt auf, während Mechthild mit unverhohlenem Zorn immer fester zudrückte. Der Pickel war hartnäckig, aber das war nicht der Grund, warum die Kosmetikerin es heute an der schonenden Behandlung fehlen ließ, die ihre Kundinnen so sehr schätzten. Eine mit Blut vermischte Eiterfontäne spritzte aus dem Gesicht von Frau Lüderitz-Schaumgruber und schäumte die Wut in Mechthild weiter auf. Ihre Fingernägel gruben sich tief in die gequälte Haut der Kundin, die mit angsterfüllt und ergeben zugleich an die Decke starrte.

Hans, dieser hirnverbrannte Idiot! Wie hatte sie ihm so lange vertrauen können! Mechthild wischte den Eiter mit einem Kosmetiktuch ab und betrachtete die gelbroten Schlieren, die das strahlende Weiß des Tuches durchzogen. Es war Zeit, einen Schlussstrich zu ziehen – einen Schlussstrich? Was würde das ändern - war es dafür nicht zu spät? Hatte Hans sie nicht schon längst ruiniert und all ihre Träume und Ziele zerstört?

Mechthild suchte die faltige Haut von Frau Lüderitz-Schaumgruber nach weiteren Unreinheiten ab. Krampfhaft bemühte sie sich, ein höfliches Lächeln zustande zu bringen.

»Gleich haben wir es überstanden.«

Mit jedem Mitesser stieg allerdings ihre Verzweiflung, und sie spürte, wie ihre sonst so bedachtsamen Finger anfingen, zu zittern.

Seit über zehn Jahren waren sie verheiratet - Jahre, die sich nicht einfach ausdrücken und wegwischen ließen wie die Pickel auf Frau Lüderitz-Schaumgrubers Gesicht.

Anfangs waren Hans und sie glücklich gewesen – das perfekte Paar. Als sie sich kennenlernten, hatte er bei einem renommierten Epiliergerätehersteller im Vertrieb gearbeitet. Mechthild selbst hatte den heruntergekommenen Kosmetikladen ihrer Mutter auf Vordermann gebracht. Den Wunsch nach Kindern hatte sie dem Ziel geopfert, als Inhaberin des besten Kosmetikinstituts am Ort in die höchsten Gesellschaftskreise der Stadt aufzusteigen. Dank der Fürsprache einer Kundin - der Ehefrau eines Bankdirektors - erhielt sie einen günstigen Kredit, mit dem sie das Geschäft von Grund auf modernisierte. Der Salon florierte, und es dauerte nicht lange, bis Mechthild sich einen gutsituierten Kundinnenstamm aufgebaut hatte.

Die Firma ihres Mannes hingegen hielt den zuneh-
menden Druck ausländischer Billiganbieter nicht stand
und ging in Konkurs. Mechthild wunderte sich, dass
Hans keine neue Stelle fand. Die Erfolglosigkeit seiner
Bemühungen rechtfertigte er damit, dass die Aussichten
in der Branche sich ungemein verschlechtert hätten. Es
beschwichtigte sie ein wenig, dass er während seiner allmählich in einen Dauerzustand übergehenden Arbeits-
losigkeit die Finanzverwaltung des Kosmetiksalons
übernahm - eine Aufgabe, der sie selbst nur ungern
nachging. Mechthild nahm zähneknirschend hin, dass
Hans im Salon herumlungerte und ihren Kundinnen
schöne Augen machte. Die wiederum ließen sich gerne
von dem charmanten Herrn mit dem unwiderstehlichen
Lächeln umgarnen. Solange es dem Geschäft nutzte,
war sie bereit, darüber hinwegzusehen. Mit der Zeit
wurden seine Besuche jedoch immer seltener und
kürzer.

Anfangs schluckte sie die Nachmittage, an denen er
unerreichbar war, weder zu Hause den Hörer abnahm,
noch ans Handy ging. Sie schluckte, dass sich mal ein
blondes, mal ein braunes Haar in dem Stoff seiner
Anzugjacke verhakt hatte. Sie ertrug all das, solange sie
sich einreden konnte, dass diese kleinen, schmutzigen

Affären nichts bedeuteten gegenüber seiner tiefen Liebe zu ihr.

Dann kräuselten sich immer die gleichen roten Härchen auf dem Anzugstoff, und diese Härchen ähnelten verdächtig der Lockenpracht ihrer besten Freundin Natascha, einer Fußpflegerin, die ihr Geschäft direkt gegenüber dem Kosmetiksalon betrieb.

Hans Unerreichbarkeit verlängerte sich in die Abendstunden, wenn Mechthild schon längst die Tür des Salons hinter sich zugeschlossen hatte. Traf sie ihn zu Hause an, machte er einen abwesenden Eindruck, und sie vermisste die zärtliche Aufmerksamkeit, wegen der sie bisher über seine offensichtliche Untreue hinweggesehen hatte.

Vor einer Woche war Hans am helllichten Tag Hand in Hand mit dieser – mit dieser scheinheiligen Hure Natascha vor allen Augen, vor ihren Augen durch die Stadt spaziert und hatte sie damit zum Tratschthema Nummer Eins für ihre Kundinnen gemacht.

Was sie heute von der Frau des Bankdirektors erfahren hatte, die vor Frau Lüderitz-Schaumgruber auf dem Behandlungsstuhl gelegen war, brachte nicht nur ihre Ehe, sonder ihre ganze Zukunft endgültig ins Wanken. Zwischen Gesichtsmassage und Wimpernfärben hatte die Frau Bankdirektor sich besorgt erkundigt, ob Mechthild finanziellen Schwierigkeiten hätte.

»Ich möchte mich ungern nach einer anderen Kosmetikerin umsehen, denn bei Ihnen habe ich mich bisher in besten Händen gefühlt.«

»Wie kommen Sie darauf?«, hatte Mechthild verwundert nachgefragt. »Mein Geschäft geht blendend. Der Kredit sollte noch dieses Jahr abbezahlt sein, und ich spiele sogar mit dem Gedanken, eine Filiale zu eröffnen.«

Die Frau des Bankdirektors hatte sie mitleidig betrachtet.

»Ihr Mann hat sich in letzter Zeit um Ihre Finanzen gekümmert, nicht wahr? Sie vertrauen ihm zu sehr - und was dabei herauskommt, dürften Sie ja schon in anderer Hinsicht gemerkt haben.« Mechthild hatte das Bedürfnis überkommen, der Frau Bankdirektor mit der Wimpernbürste die Augen auszustechen. Sie hatte sich mühsam zusammengerissen.

»Sie täuschen sich in meinem Mann. Er kennt sich gut mit Geld aus und hätte mich sicherlich über finanzielle Probleme informiert. Jetzt halten Sie bitte still, wir wollen ja nur die Wimpern und nicht auch noch ihre Nase schwärzen.«

Bei der Verabschiedung hatte die Frau Bankdirektor sie mit einem Blick bedacht, der ihr durch Mark und Bein gegangen war - eine Mischung aus Abschied, Bedauern und Sensationslust. Mechthild hatte sich bemüht, diesen Blick mit geradem Kreuz durchzustehen und ihn mit einem zuversichtlichen Lächeln abzu-wehren.

In der kurzen Pause zwischen Frau Bankdirektor und Frau Lüderitz-Schaumgruber hatte Mechthild zum ersten Mal seit langer Zeit auf dem Computer in dem kleinen Büro hinter dem Behandlungsraum ihre Konten aufgerufen. Beim Anblick der Kontostände war sie aus allen Wolken gefallen. In den letzten Monaten war keine Kreditrückzahlung mehr erfolgt. Wie auch. Ihre Konten waren leer. Blitzblank leer. Schlimmer noch, sie standen sechsstellig im Minus.

Hans hatte sie ruiniert, ihr schwer verdientes Geld verschleudert - wofür? Sie hatte einen Verdacht: Vor einiger Zeit hatte er von einer Aktie geschwärmt, deren Wert sich rasend schnell verzehnfacht hatte. Ein paar Wochen später hatte sie in der Zeitung gelesen, dass diese Aktie ins Bodenlose abgestürzt war.

Mechthild klatschte Frau Lüderitz-Schaumgruber eine Avocadomaske auf die Wangen, verteilte fahrig die giftiggrüne Masse über das Gesicht und ignorierte, dass die Augen der Kundin bedrohlich zu tränen begannen.

Sie wusch die Maske wieder ab, bevor sie, laut Packungsbeilage, ihre volle Wirkung erzeugen konnte. Fahrig überdeckte sie die Spuren der Behandlung mit Make-up und legte den nächsten Termin auf Hans Geburtstag, den sie eigentlich für eine Städtereise nach Berlin freigehalten hatte. Kurz angebunden verabschiedete sie sich von Frau Lüderitz-Schaumgruber und schloss die Tür hinter der Kundin, die zum Glück die letzte für heute gewesen war, ab. Dann schnappte sie sich die allzeit bereite Prosecco Flasche aus dem Kühlschrank, ging ins Büro und setzte sich vor dem Monitor des Computers, auf dem eine Alpenlandschaft den Bildschirm schonte.

Nachdem sie ein Wasserglas randvoll mit Sekt gefüllt hatte, zündete sie sich eine Zigarette an und blies stoßweise gräulich wabernde Rauchwolken in die Luft. Mechthilds Blick blieb an einem Werbeposter hängen, auf dem eine vollbusige Schönheit mit roter Lockenpracht für Brustimplantate warb. Sie riss das Poster herunter, zerfetzte es, warf die Schnipsel in den Abfalleimer und trank den Sekt in einem Zug aus.

Eine Stunde später war die Flasche leer, der Aschenbecher randvoll, und Mechthild hatte einen Plan, der sie von Hans und ihren Geldnöten befreien würde.

Da waren die Lebensversicherungen, die sie am Anfang ihrer Ehe zum gegenseitigem Gunsten abgeschlossen hatten. Der Betrag, der ihr bei Hans Ableben zustand, würde ausreichen, um die Schulden vorerst zu tilgen.

Und da war Erich, ihr alter Schulfreund Erich - der Mann, dem sie ihren ersten Kuss verdankte. Nachdem er zum Studieren fortgegangen war, hatten sie sich aus den Augen verloren. Vor ein paar Tagen war er ihr wie ein Wink des Schicksals über den Weg gelaufen.

Sie hatte ihn kaum wiedererkannt. Nach der freudigen Begrüßung hatten Sie spontan beschlossen, ihr Wiedersehen mit einem Glas Wein in einem nahe gelegenen Bistro zu feiern. Sie redeten von alten Zeiten, schwelgten in Erinnerungen und lachten unbeschwert miteinander. Erich erzählte, dass er einen Job bei einer großen, in der Stadt angesiedelten IT Firma gefunden hätte.

»Und kaum hatte ich mir hier eine Wohnung besorgt und eingerichtet, erfuhr ich, dass ich für mindestens ein Jahr wegen eines wichtigen Projekts nach Indien versetzt werde. Die brauchen dort jemanden, der die Kollegen vorort auf Vordermann bringt.« Er verzog das Gesicht zu einem verdrossenen Grinsen.

Mechthild verspürte einen Stich im Herzen. Die Gefühle, die sie in der Schulzeit für Erich empfunden hatte, schienen bei jedem Glas Wein, das sie bestellten - sie waren beim dritten angekommen - zu erstarken.

»Das ist aber schade«, entfuhr es ihr. »Kaum bist du da, bist du wieder weg.«

»Schau nicht so traurig, Hildchen« Erich tätschelte ihre Hand. »Wir bleiben in Kontakt.« Er zögerte kurz. »Sag mal, Hildchen - wäre es zu vermessen, dich zu bitten, in den nächsten Wochen meine Blumen zu gießen und den Briefkasten zu leeren? Ich habe zwar schon einen Zwischenmieter für meine Wohnung gefunden. Er wird aber erst in einem Monat einziehen. Mir fällt sonst niemand ein, den ich fragen könnte. Meine Eltern leben nicht mehr, und die alten Freunde sind alle weggezogen.«

»Aber natürlich«, sagte Mechthild. »Die Wohnung liegt sowieso auf meinem Heimweg.« Beim Abschied umarmten sie sich. Mechthild schmolz dahin.

Kurz vor Erichs Abreise holte sie den Wohnungsschlüssel bei ihm ab. Er war schon immer ein Waffennarr gewesen und besaß eine imposante Sammlung an modernen und historischen Pistolen und Gewehren. Als sie miteinander gegangen waren, hatte er sie oft mit zum Schießstand seines Schützenvereins genommen und in die Kunst des Waffengebrauchs eingeführt. Damals hatte sie ihm nur aus Liebe begleitet. Jetzt würden sich diese langweiligen Übungen, diese Stunden, in denen er ihr enthusiastisch von den Vorzügen und Nachteilen spezieller Schießtechniken vorgeschwärmt hatte, als nützlich erweisen.

Sie würde Hans unter einem Vorwand in das kleine Wochenendhaus locken, das er von seinen Eltern geerbt hatte. Es lag in einer Ferienanlage, mitten im Wald an einem idyllischen Badesee. Früher hatten Hans und sie im Sommer dort so manches Wochenende verbracht. Jetzt, im November, war die Anlage so gut wie ausgestorben – ausgestorben! Mechthild lachte bitter auf. Es würde einfach sein, Hans Leiche unbemerkt im Wasser zu versenken oder unter Laub und altem Gehölz zu verscharren. Und selbst, wenn man den erschossenen Hans finden würde – sie hatte nie jemanden erzählt, dass sie mit Pistolen umgehen konnte - und ihre Beziehung zu Erich lag zu lange zurück, als dass sich jemand daran erinnern würde.

Kalter Nieselregen schlug Mechthild entgegen, als sie den Kosmetiksalon verließ und sich zu Erichs Wohnung aufmachte, die in einem modernen Hochhausblock lag. Sie begegnete niemanden, als sie das Haus betrat, mit dem Fahrstuhl in den zehnten Stock fuhr und die Wohnungstür aufschloss. Erich hatte für seine Waffensammlung ein eigenes Zimmer mit bis zur Decke reichenden Glasvitrinen reserviert. Nach einigen Suchen fand sie den Schlüssel für die Vitrinen in einer Schublade des Schreibtischs, der als einziges Möbelstück inmitten des Waffenkabinetts sein Dasein fristete. Sie suchte nach einer Waffe, die ihr geeignet erschien. Fast hätte sie laut aufgejubelt, als sie auf die kleine, handliche Pistole stieß, mit der sie damals geübt hatten.

»Eine Frauenwaffe«, hatte Erich am Schießstand spöttisch geschmunzelt.

Dank ihres guten Gedächtnisses fand sie in einem Stapel von Patronenschachteln schnell die passende Munition.

Hans lungerte auf der Couch herum und sah sich eine Sportsendung im Fernsehen an. Er blickte kaum auf, als Mechthild mit einem beherrscht fröhlichen »Guten Abend, mein Schatz, ich bin wieder da!« die Wohnung betrat.

Mechthild goss sich in der Küche ein Glas Wasser ein und setzte sich neben ihm.

»Hans, ich habe eine Bitte an dich.« Sie versuchte, so beiläufig wie möglich zu klingen. »Nächstes Wochenende wollen die Haselhofers - du weißt doch, sie ist eine meiner treuesten Kundinnen - gerne ein paar Tage in Ruhe ohne ihre Kinder verbringen. Ich habe ihnen dafür unser Ferienhaus angeboten. Ich hoffe, du hast nichts dagegen.«

»Und?«, knurrte Erich unwillig.

»Du erinnerst sicher, dass der Toilettenabfluss verstopft ist. Eigentlich wollten wir das erst im Frühjahr reparieren, aber jetzt, wo die Haselhofers nächsten Freitag dorthin fahren ...«

»Muss das denn sein?« Hans warf ihr einen finsteren Blick zu. »Die können doch in den See pinkeln.«

»Ach Hans, sei nicht so.« Mechthild lächelte gekünstelt und zwang sich dazu, ihm zärtlich übers Haar zu streichen. Er rückte unwillig von ihr ab.

»Ich habe ihnen schon fest zugesagt, und bei deinem handwerklichen Geschick ist das doch schnell erledigt!« Mechthild legte alles Schmeicheln und Flehen, das sie ihm gegenüber noch aufbringen konnte, in ihre Stimme.

Mit einem angewiderten Gesichtsausdruck erhob sich Hans, ohne ein weiteres Wort zu sagen, ging ins Schlafzimmer und knallte die Tür hinter sich zu. Enttäuscht zog sich Mechthild in die Küche zurück und stellte das Wasserglas in die Spüle. Sie hatte es verpatzt. Das einsame Ferienhaus war fester Bestandteil ihres Planes, und wenn sie Hans dort nicht hinlocken konnte, würde es schwer werden, die ganze Sache durchzuziehen.

Durch die dünnen Wände der Wohnung hörte sie leises Gemurmel. Hans telefonierte. Vermutlich verabredet er sich mit dieser Nutte Natascha zum nächsten Stelldichein, dachte Mechthild verbittert.

Das Gemurmel brach ab. Hans trat aus dem Schlafzimmer, holte seinen Mantel und sah sie auffordernd an.

»Bringen wir das hinter uns.« Seine Stimme klang entschlossen und hart. »Wir treffen uns in einer Stunde am Ferienhaus. Ich muss noch Werkzeug zum Reparieren besorgen.«

Mechthild wusste ihre Erleichterung kaum zu verbergen. Sie ahnte zwar nicht, was diesen plötzlichen Sinneswandel herbeigerufen hatte, aber das war ihr egal. Es lief perfekter, als sie es sich gedacht hatte. Sie würden getrennt fahren, wodurch sich die Gefahr verringerte, dass sie jemand zusammen ins Auto steigen sah. Sie würde sich beeilen und vor ihm da sein, Zeit haben, ihre Vorbereitungen zu treffen.

Eine halbe Stunde später bog Mechthild auf die Forststraße ab, die zu der Ferienhausanlage führte. Der Wald schien wie ausgestorben. Weder Waldarbeiter noch Spaziergänger trotzten der nasskalten Witterung an diesem trüben Spätnachmittag. Es dämmerte bereits, als sie die Ferienhäuser erreichte. Kein Licht drang aus den Hütten, die trist in Reih und Glied den See umrahmten. Mechthild frohlockte.

Als sie das Ferienhaus betrat, schlug ihr feuchtkalte Luft entgegen. Aus einer undichten Stelle im Dach tropfte es mit leisem »Pling« auf die Steinfliesen des winzigen Wohnraumes. Mechthild kurbelte die Rollläden hoch und starrte auf den grauen See, der ruhig in den länger werdenden Schatten der nahenden Nacht vor ihr lag. Einzig das Quaken der Enten, die ihre Kreise auf dem Wasser zogen, drang durch das Rauschen des Regens, der allmählich schwächer wurde. Mechthild konzentrierte sich darauf, das Zittern ihrer klammen Finger in den Griff zu bekommen.

Ein sich näherndes Auto durchbrach die idyllische Stille. Der Motor erstarb, Türen klappten, Stimmen erklangen. Mechthild erschrak. War Hans nicht alleine gekommen? Durch das Küchenfenster erkannte sie zwei Gestalten, die sich dem Haus näherten. Sie stellte verwundert fest, dass Hans Natascha mitgebracht hatte. Warum nur? Kurz spielte sie mit dem Gedanken, ihren Plan fallen zu lassen. Dann gab sie sich einen Ruck. Also gut. Sie würde eben beide erschießen.

Natascha, diese Heuchlerin, hatte es nicht anders verdient!

Schritte knirschten auf nassem Kies. Die Eingangstür klackerte. Die Pistole in der Manteltasche fest umklammert, starrte Mechthild die Eintretenden an. Nataschas rote Locken kräuselten sich wie Schlangen um ihr zartes, bleiches Gesicht. Hans Brillengläser waren beschlagen.

Er erinnerte sie an einen kleinen Jungen, einen Jungen, den sie nie gehabt hatte und nie haben würde - ein hilfloser Bub, der halbblind mit den Augen blinzelte und dem die Regentropfen den Nacken hinunter rannen, der vor Kälte zitterte und der nichts anderes wollte, als in den Arm genommen und gewärmt zu werden.

Mechthild Knie wurden weich. Sie löste den harten Griff von der Pistole, hielt sie schlaff verborgen und zog sie nicht heraus. Sie konnte es nicht tun - ein Menschenleben, zwei Menschenleben auslöschen, Menschen, mit denen sie wunderschöne Zeiten, wunderbare Jahre in Liebe und Freundschaft verbracht hatte.

Hans Stimme durchschnitt wie ein scharfes Messer den Augenblick ihrer Erkenntnis.

»Tut mir leid, Mechthild. Es gibt keine andere Lösung. Ich liebe Natascha. Und für ihre und meine gemeinsame Zukunft brauche ich dringend Geld - das Geld aus unserer Lebensversicherung.«

Mechthild brauchte einen Moment, um zu begreifen. Dann sah sie das metallene Rohr im Licht der schwachen Glühbirne aufblitzen, sah, wie Hans Hand vibrierte, nicht vor Kälte, sondern vor unerbittlicher Entschlossenheit. Wie in Zeitlupe nahm sie wahr, dass er langsam den Zeigefinger um den Abzug einer Pistole krallte, während Nataschas Augen kühl und drohend auf ihr ruhten.

Mechthild reagierte so rasch, dass Erich stolz auf sie gewesen wäre.

Zwei Schüsse hallten über den See, leicht gedämpft durch den Nebel, der vom Schilf hinauf zu den Baumwipfeln kroch. Die Enten stoben lärmend und flügelschlagend davon.

Bauer Willems, damit beschäftigt, den Zaun zu reparieren, der die Wildschweine vom Acker fernhalten sollte, zuckte zusammen. Dann nickte er bedächtig. Die Jagdzeit hatte begonnen.

Gnorks

Mikes Erstaunen hielt sich in Grenzen, als Wilbur eines Abends aus seinem Kleiderschrank kroch. Nicht, dass er an seltsame Besucher zu nachtschlafender Zeit gewöhnt war. Aber ein Junge, der mit Darth Vader, Hobbits und Super Mario aufgewachsen ist, gerät nicht so leicht in Panik, wenn auf einmal ein grünhäutiger, muskelbepackter, hakennasiger Zwerg in rosa Latzhose erscheint. Dass der ungewöhnliche Gast Wilbur hieß, wusste Mike in diesem Moment natürlich noch nicht. Ebenso dauerte es, bis er eine Ahnung davon bekam, was das Männchen bei ihm wollte.

Zuerst begnügte sich der kleine Gnom damit, auf den Schreibtisch zu klettern, Schulhefte zu durchwühlen und verächtlich vor sich hin zu schnauben. Auf Mikes Versuche, sich mit ihm zu unterhalten, reagierte er mit giftigen Blicken. Mike fing an, zu zweifeln, ob sein Gast ihn überhaupt verstand. Irgendwann gab Mike auf, Fragen zu stellen. Er begnügte sich damit, den zwischen Coladosen und Bonbonpapier herumwuselnden Zwerg im Auge zu behalten, und irgendwann fielen ihm die Augen zu, und er schlief ein, ohne sich von dem Geraschel stören zu lassen.

Als Mike am nächsten Morgen erwachte, war das Männchen von dem Schreibtisch verschwunden. Ein wenig enttäuscht durchsuchte er sein Zimmer. Schließlich fand er den nächtlichen Gast mit offenem Mund schnarchend und eingewickelt in seinem Bademantel, der, genau wie Mikes andere Kleidungsstücke, das Schicksal teilte, achtlos verstreut auf dem Boden zu liegen.

Mike war fünfzehn, und in diesem Alter glauben Jungen weder an den Weihnachtsmann noch an Feen oder Kobolde, die unvermutet aus einer Nebelwolke treten und einem einreden wollen, dass man drei Wünsche frei hat.

Mit fünfzehn entwickeln Jungen eher eine gewisse forschende Neugierde, die sich nicht allein auf Fußball und die neuesten Computerspiele, sondern auch auf Mädchen bezieht. So kreisten Mikes Gedanken an diesem Tag intensiv um Marina, die in der Schule zwei Reihen vor ihm saß, und er verbrachte die Schulstunden damit, sich Annäherungspläne zu überlegen und wieder zu verwerfen. Das Problem des Auftauchens einer an sich nicht existenten Lebensform, von der er weder wusste, was sie von ihm wollte, noch was er mit ihr anfangen sollte, trat deswegen in den Hintergrund.

Erst am Abend, als das Männchen sich gähnend aus dem Bademantel wickelte und wieder auf den Schreibtisch kletterte, widmete sich Mike erneut dem tags zuvor erfolglos verlaufenden Versuch der Kontaktaufnahme.

»Hallo, wer bist du?«

Der Gnom hielt kurz inne und schnüffelte an einem vergessenen Kaugummi herum.

»Was willst du hier?«

Das Männchen steckte sich den Kaugummi in den Mund und verzog das sowieso schon hässliche Gesicht zu einer noch gräulicheren Grimasse.

»Was hältst du davon, wenn ich die Katze auf dich hetze, damit du mir endlich eine Antwort gibst?«

Mit angstgeweiteten Augen starrte das Männchen Mike an und spuckte den Kaugummi im hohen Bogen aus.

»Ich verlange eine Gefahrenzulage«, quiekte es mit krächzender Stimme. »Es hieß, das wäre ein harmloser Auftrag!«

»Was für ein Auftrag? Und wer oder was bist du überhaupt? Wo kommst du her?«

»Mein Name ist Wilbur. Der Rest geht dich nichts an«, brummelte das Männchen, das die Fassung wiedergefunden hatte.

»Wenn das so ist, muss ich wohl doch den Kater holen.«

Mike erhob sich vom Bett, auf dem er es sich gemütlich gemacht hatte, um in Ruhe den merkwürdigen Gast zu inspizieren, und öffnete die Zimmertür.

»Nein, nicht die Katze!« Wilburs Stimme überschlug sich. »Bin allergisch gegen die Viecher! Also, was wolltest du wissen?«

Mike ging langsam zum Bett zurück und ließ sich wieder auf die Matratze fallen.

»Wer und was bist du? Und was willst du hier? Was hast du für einen Auftrag und von wem?«

Der Gnom setzte sich an die Schreibtischkante und ließ die Beine baumeln.

»Also, eigentlich darf ich nix sagen«, nuschelte er vor sich hin. »Aber gut, wenn du es unbedingt wissen willst – ich will was von dir, besser gesagt, du hast was, was wir wollen.«

»Wie? Was habe ich und wer will was?«

(Mike bemerkte, dass sich seine Unterhaltung mit dem Männchen auf den massenhaften Gebrauch von Fragewörtern beschränkte. Es fiel ihm deswegen auf, da sie gerade in Latein die grammatikalischen Feinheiten

der Interrogativpronomen bis zum Abwinken durch-
kauten).

Wilbur sprang auf, schnappte sich einen Bleistift-
stummel und fing an, ihn anzuknabbern. »Eigentlich
hast du es ja noch nicht«, krächzte er und spie ein Stück
Holz aus. »Aber wir Gnorks wissen, was passieren wird,
und der Chef hielt es für eine gute Idee, dich schon zu
überwachen, bevor du es bekommst.«

Mike schwieg eine Weile und dachte darüber nach,
was er mit dieser Antwort anfangen sollte.

»Und was ist das, was ihr unbedingt wollt? Woher
wisst ihr, dass ich dieses – na das, was ihr wollt, irgendwann haben werde? Und wann kriege ich es?«

Die einzige Reaktion, die auf die aus Mikes Sicht
durchaus begründeten Fragen kam, war ein unwilliges
Knurren, gefolgt von einem unverständlichen Kauder-
welsch.

»Wirst schon sehen – geht dich nix an – ich rede viel
zu viel – blöder Auftrag.«

Mehr war an diesem Abend aus Wilbur nicht heraus-
zubekommen. Der Gnom wühlte in Mikes Schulheften
herum und zuckte nur kurz zusammen, wenn Mike
erneut versuchte, mit Verweis auf die Katze ihm weitere
Informationen zu entlocken. Mike hatte keine Ahnung,

wo die Katze sich gerade herumtrieb, und so blieb es bei der leeren Drohung, und irgendwann verlor er die Lust an der einseitigen Unterhaltung und vertiefte sich in die Computerzeitschrift, die er sich von einem Freund ausgeliehen hatte.

Auch in den nächsten Tagen ließ sich Wilbur nicht dazu bringen, mehr über die Gnorks und seinen Auftrag zu erzählen. Mike gab die Fragerei allmählich auf und begann, das Rascheln des herumschnüffelnden Wilbur zu ignorieren.

Hier stellt sich natürlich die Frage, wieso Mike nicht anfing, an seinem Verstand zu zweifeln. Er schien der Einzige zu sein, der Wilbur wahrnahm, und er vermied es, den Gnom gegenüber anderen - seiner Eltern - zu erwähnen. Er wusste aus Filmen und Büchern, dass gewisse Konsequenzen drohten, sollte er jemals zugeben, kleine grüne Männchen zu sehen. Mikes Mutter, die ein Mal in der Woche mit einer Gefühlsmischung aus Verzweiflung und Hoffnungslosigkeit versuchte, sein Zimmer aufräumen, entdeckte Wilbur nie.

Ab und zu rätselte Mike, was das denn sein könnte, was er irgendwann erlangen würde und was für die Gnorks so furchtbar wichtig zu sein schien. Ein Schatz? Ein Ring? Oder eine bestimmte Fähigkeit, eine geniale

Idee, die er haben würde? Vielleicht ging es auch um einen Menschen, der ihm nahe stand, vielleicht um seine erste Freundin (An dieser Stelle der Überlegungen malte er sich aus, wie er, mit einer Art Batman-Kostüm bekleidet und an dünnen Seilen zwischen Hochhäusern schwingend, Marina aus den Klauen zähnefletschender Gnorks befreien würde). Oder vielleicht wollten die Gnorks sein erstes Kind haben, wie dieser Wicht in dem Märchen – wie hieß es doch noch gleich?

Die Tage vergingen. Andere Ereignisse ließen Wilbur in den Hintergrund treten – die erste Verabredung mit Marina zu einem Kinobesuch; der blaue Brief von der Schule, in dem gewisse Zweifel daran geäußert wurden, dass Mike in der Lage sei, die nächste Klasse zu erreichen; der Aufstieg seines Fußballteams in die nächsthöhere Spielklasse; der tödliche Unfall der alten Frau Klimm, eine nervtötende Nachbarin, die Mike immer angebrüllt hatte, wenn er im Hof den Fußball gegen die Mülltonnen kickte. Ohne ersichtlichen Grund war sie eines Abends aus dem Fenster ihrer Wohnung im dritten Stock gestürzt.

Mike grübelte immer weniger über den Gnork nach - höchstens in einer langweiligen Latein- oder Geschichtsstunde. Aber das sollte sich schlagartig ändern.

Als er zwei Wochen nach Wilburs Erscheinen am frühen Abend vom Fußballtraining heimkam und sein Zimmer betrat, erstarrte er entsetzt. Wilbur war gerade dabei, eine Ratte am Schwanz über den Boden zum Fenster zu schleifen. Im hohen Bogen schleuderte der Gnom das tote Tier hinaus in den Vorgarten. Mikes Magen rebellierte angesichts der blutigen Schlieren, die die Ratte auf dem Teppich hinterlassen hatte.

»Was soll das?« Entgeistert fuhr er Wilbur an, der mit einem triumphierenden Lächeln die Hände an seiner Latzhose abwischte.

»Ha, immer noch gut in Form!« Der Gnom ließ seine Armmuskeln spielen. »Jetzt kann's losgehen!«

»Was kann losgehen?« Mike fühlte, wie ihm bittere Magensäure die Speiseröhre hochstieg.

»Geht dich nix an!«, fauchte Wilbur. Er schlurfte Richtung Schreibtisch, um dort, wie üblich, in Mikes Schulsachen herumzuwühlen. In diesem Moment schlüpfte die Katze ins Zimmer. Wild fauchend stürzte sie sich auf das Männchen. Begraben unter dem struppigen Fell des im Verhältnis zu ihm elefantengroßen Tieres zappelte Wilbur hilflos mit den Ärmchen und ächzte: »Ruf das verdammte Viech zurück!«

»Erst, wenn du mir endlich sagst, was hier gespielt wird!«

Mike griff die Katze im Nacken und ließ sie so nahe über dem panischen Gnom baumeln, dass sich die Nasenspitzen der beiden berührten.

»Ich muss verhindern, dass du durchrasselst!«

»Wie? Wo soll ich durchrasseln?«

»Du bist nicht nur brutal, sondern auch blöd!«, krächzte Wilbur, der sich aufgrund der ihn hungrig musternden Katze kaum zu rühren wagte.

»Mathe! Du schreibst Morgen eine Mathearbeit, und wenn du die verhaust, bleibst du sitzen!«

Das war keine Neuigkeit für Mike, der sich der Konsequenzen eines morgigen Versagens bewusst war, ohne sich dadurch in Panik versetzen zu lassen. Aber was hatte das mit dem Gnork und der Ratte zu tun? Er nahm eine Tatze der Katze und drückte sie fest auf Wilburs Brust.

»Und weiter?«, fuhr er das Männchen an.

Wilbur jaulte auf, als er die scharfen Krallen auf der nackten Haut spürte.

»Dein Mathelehrer – ich muss verhindern, dass er zur Schule kommt. Es muss wie ein Unfall aussehen..«, brabbelte er.

»Du willst meinem Mathelehrer etwas antun, damit ich morgen die Arbeit nicht schreiben muss? Und dafür tötest du eine Ratte?«

»Genau«, japste Wilbur. »Der berühmte blutige Gnork Würgegriff. Ich war ein bisschen aus der Übung gekommen, und ob ich den an Mensch oder Ratte trainiere, macht keinen Unterschied.«

Er gab ein hohes Kieksen von sich, als die Katze an seiner Hakennase leckte.

»Das musst du doch verstehen, es gibt immer etwas, was wir nicht voraussehen können. Zum Beispiel macht es den ganzen Plan kaputt, wenn du sitzen bleibst. Dafür bin ich da, für solche Fälle, um die Lage wieder umzubiegen. Scheißauftrag. Wieso habe ich den bloß angenommen.«

Bevor Mike über den Sinn und die Tragweite von Wilburs Geständnis nachdenken konnte, gab es einen Puff, als ob ein Knallfrosch in einer Kiste explodierte, und ein weiterer Gnork kam aus dem Kleiderschrank gehüpft. Er sah aus wie ein Zwilling von Wilbur, mit dem einzigen Unterschied, dass er keine rosa, sondern eine schwarze Latzhose trug.

Mike ließ verblüfft die Katze los. Die stürzte sofort auf den Neuankömmling, der sich gerade noch durch eine geschickte Kletteraktion auf den Schreibtisch, über das Regal und dann, am Kabel entlanghangelnd, auf die Deckenlampe retten konnte. Fauchend postierte sich die Katze unter der Lampe und ließ den Gnom nicht aus den Augen.

»Tolle Auftragserledigung, Wilbur«, krähte der neue Gnork sarkastisch von der Decke herunter.

»Der Chef schickt mich. Hätte er wohl schon früher machen sollen.«

»Was willst du?«, knurrte Wilbur beleidigt. Er lag immer noch platt auf dem Boden und rührte sich nicht, aus Angst, die Aufmerksamkeit der Katze auf sich zu lenken.

»Läuft doch alles bestens. Hab schon ein Mal verhindern können, dass sich der Weg der Vorsehung ändert.«

»Schon ein Mal?«, fuhr Mike dazwischen.

»Daran sieht man, wie geschickt ich bin - niemand hat bemerkt, dass es kein Unfall war.« Wilbur griente spöttisch. »Die Alte aus dem dritten Stock, ein Stups genügte. Die senile Wachtel musste verschwinden, sie hätte sonst ...«

Weiter kam er nicht. Mike hatte genug. Er hatte Frau Klimm zwar nicht gemocht. Aber dass diese Männchen sich so brutal und kaltblütig in sein Leben einmischten und über Leichen gingen, um ihr mysteriöses Ziel zu erreichen, brachte ihn in Rage. Er packte Wilbur und schleuderte ihn direkt vor die Pfoten der Katze, die sich erbarmungslos auf das Männchen stürzte.

»Verschwindet!«, brüllte Mike voller Wut, die schmerzerfüllten Schreie Wilburs ignorierend, der unter den Katzenkrallen zappelte. »Ich will euch nie wieder sehen, ihr wahnsinnigen Bestien!«

»Kein Problem«, schallte es trocken von der Deckenlampe herunter. »Deswegen komme ich ja. Auftragsänderung. Haben uns in der Berechnung geirrt. Du bist nicht derjenige welcher.«

Unter der Katze drang ein Laut zwischen Empörung und Todesangst hervor.

»Also ruf dein Mördervieh zurück und lass uns gehen. Wir haben es eilig.«

»Wie? Was?« Mike starrte den Gnom auf der Lampe an, der entspannt hin und her schaukelte.

»Sag mal, ist der schwer von Verstand?«, fragte der baumelnde Gnork den sich windenden Wilbur,. Dieser war allerdings nicht in der Lage, darauf zu antworten.

Der Lampengnom wandte sich wieder Mike zu und wiederholte langsam, mit viel Betonung und Naserümpfen: »Du bist nicht derjenige welcher, ist doch ganz einfach. Tut uns leid, dass wir dich belästigt haben.«

Mike, der gerade noch vorgehabt hatte, mithilfe der Katze ein Blutbad unter den Gnorks anzurichten, hielt müde inne. Er hatte genug und sehnte sich danach, endlich Ruhe zu haben vor hässlichen, mordenden Gnomen. Selbst die Aussicht darauf, seiner Mutter die Blutspuren auf dem Teppich erklären zu müssen und ansonsten den Rest des Nachmittags mit dem Mathematikbuch zu verbringen, erschien ihm erstrebenswerter als weiter diese Wesen zu ertragen. Zudem schoss ihm durch den Kopf, dass, wenn er sitzenblieb, Marina nicht mehr in seiner Klasse sein würde.

Er nahm die wild strampelnde Katze auf den Arm und hielt sie fest, während Wilbur sich aufrappelte und, dem Frieden nicht trauend, ebenfalls zu einer Klettertour Richtung Deckenlampe aufbrach. Dabei bewegte er sich nicht ganz so elegant wie sein Vorgänger, da ihn ein tiefer Kratzer am Bein behinderte. Eine Weile herrschte eine angespannte Stille im Zimmer, die nur vom leisen Knirschen der hin- und herpendelnden Lampe unterbrochen wurde.

»Wir gehen dann«, brach der Gnom mit der schwarzen Latzhose das Schweigen.

Mike verfolgte, wie die Gnorks vorsichtig von der Lampe herunterstiegen. Er streichelte die Katze, die das Interesse an den beiden Zwergen verloren zu haben schien (vielleicht hatte sie beim Abschlecken festgestellt, dass Wilbur nicht besonders gut schmeckte). Die Gnorks huschten Richtung Kleiderschrank. Bevor sie in ihn hineinstiegen, drehte sich Wilbur ein letztes Mal um, zwinkerte Mike zu und meinte: »Nichts für ungut, Junge. War nett bei dir.« Dann ertönten zwei Knallfroschpuffer, und die Gnorks waren verschwunden.

Als Mikes Mutter die Blutspuren auf dem Teppich bemerkte, hielt sie sie für Ketchup und wunderte sich, warum die Flecken so schlecht zu entfernen waren.

Mike schrieb eine Drei in der Mathearbeit - woraus man sieht, dass die Gnorks ziemliche Stümper in Sachen Zukunftsvoraussage waren - und konnte damit auch im nächsten Schuljahr während des Unterrichts Marina anhimmeln.

Die Gnorks sah er nie wieder. Ab und zu dachte Mike darüber nach, was er denn so Wertvolles hätte haben können, dass den Mord an zwei unschuldigen Menschen rechtfertigte. Allmählich jedoch verschwammen die Erlebnisse in seiner Erinnerung zu märchenhaften Träumen, und er hörte auf, zusammenzuzucken, wenn er in einem Spielzeugladen kleine grüne Monsterpuppen sah.

Doch bis ins hohe Alter hinein hatte er immer eine Katze im Haus.

Das Fußballturnier

Nein, ich bin kein Fußballfan, wirklich nicht.

Zugegeben, ich habe einen Überblick über die Mannschaften der Ersten Bundesliga. Man muss schließlich mitreden können bei den Kollegen. Aber schon als Kind hatte ich nichts dafür übrig, keuchend und verschwitzt hinter einem Ball herzurennen und Prellungen oder noch schlimmere Blessuren zu riskieren.

Ich bevorzuge Sportarten mit Niveau, die neben Kraft und Ausdauer ein hohes Maß an Intelligenz erfordern. Deswegen bin ich vor ein paar Jahren in den örtlichen Tennisclub eingetreten. Seit mir das rechte Knie zu schaffen macht, spiele ich allerdings seltener.

Meinem Sohn Tim hätte ich dort ebenfalls gerne angemeldet. Bewegung im Freien ist schließlich für die Entwicklung förderlich, und er hätte im Club bestimmt nette Kinder nicht ganz unbedeutender Eltern unserer Stadt kennengelernt.

Ich war nicht sonderlich erfreut, dass er stattdessen darauf beharrte, in den Fußballverein des Nachbarortes einzutreten. Dazu hatte ihn wohl sein Freund überredet, mit dem er trotz meines Verbotes im Garten herum bolzt und dabei die Beete ruiniert. Meine Frau, die immer wieder begeistert davon erzählt, wie sie früher als einziges Mädchen der Klasse mit den Jungen auf dem Schulhof herumgekickt hat, fiel mir in den Rücken und unterstützte seinen Plan.

Sie erklärte sich bereit, die Fahrten zum Training und zu den Spielen zu übernehmen. Den Einwand, dass diese Herumfahrerei zu viel für sie werden könnte - immerhin hat sie mit Haus und Garten genug zu tun – ignorierte sie. Sie scheint sogar Spaß daran zu haben, beim Training zuzuschauen. Dabei könnte sie die Wartezeit effizienter für Einkäufe nutzen. Nun gut, es ist wohl eine nette Gelegenheit für sie, unter die Leute zu kommen und mit den anderen Spielereltern zu plaudern.

Ich ahnte nicht, dass ab jetzt jedes Wochenende mit Turnieren und Spielen belegt sein würde. Da will man am Sonntag etwas mit der Familie unternehmen, und die treibt sich auf irgendeinem Fußballplatz herum!

Um nicht den ganzen Tag einsam zu Hause zu verbringen, fuhr ich ab und zu mit zu einem Spiel. Ich war entsetzt darüber, wie vulgär und unbeherrscht die anderen Eltern herumbrüllten. Zudem verwunderte mich, wie ernst sie diese Kickerei nahmen. Da wurde mitgefiebert, als ob es um Geld ging, so wie bei den Profifußballern.

Ich muss zugeben, die Leistung meines Sohnes enttäuschte mich ein wenig. Er spielte nicht schlecht, gehörte aber nicht gerade zu den Besten. Meiner Meinung nach saß Tim zu oft auf der Ersatzbank, während der Trainer andere, zugegebenermaßen talentiertere Jungen durchspielen ließ. Dabei kommt es doch bei solchen unterklassigen Vereinen auf den Breitensport an! Ihre Aufgabe ist es, unsportliche Kinder vom Fernsehen und Computer wegzulocken und ihnen anständiges soziales Verhalten anzutrainieren. Das mit dem Leistungsdruck kommt noch früh genug, das wissen wir doch alle aus eigener Erfahrung. Ich jedenfalls nahm mir vor, nie wieder meine kostbare Freizeit auf dem Fußballplatz zu verschwenden.

Dann kam der Sonntag, an dem meine Frau Migräne hatte.

Die schwüle Hitze der letzten Tage war vermutlich der Grund für die Kopfschmerzen, die sie außer Gefecht setzten.

Ein Turnier war angesagt, in Dorfingen, einem kleinen Ort, dessen Existenz mir bis dahin unbekannt war. Eigentlich hatte ich den Tag für die monatliche Kontrolle unserer Haushaltsausgaben reserviert. Die Einkaufsquittungen, die meine Frau abgeliefert hatte, lagen nach Datum sortiert zur Eingabe der Beträge in Excel auf meinem Schreibtisch bereit.

Statt also den Tag mit dieser sinnvollen Arbeit zu verbringen, musste ich mich um acht Uhr morgens aus dem Bett quälen, während meine Frau stöhnend liegen blieb, mich bat, die Vorhänge zuzuziehen, darauf hinwies, dass der Treffpunkt um neun Uhr auf dem Parkplatz vor der Schule sei und Tims Sporttasche noch gepackt werden musste. Die Zeit reichte gerade für einen Kaffee und einen flüchtigen Blick in die Sonntagszeitung.

Meine leise Hoffnung, Tim bei anderen Eltern mitfahren zu lassen und wieder umkehren zu können, schwand, als wir am Treffpunkt ankamen. Es herrschte Automangel. Bei einem Vater war die Batterie kaputt; der nächste musste die Oma zum Mittagessen abholen. Die Eltern der drei italienischen Mitspieler tauchten erst gar nicht auf. Mir blieb nichts anderes übrig, als meinen Wagen mit munter plappernden Burschen voll zu stopfen und mich in die Wagenkolonne Richtung Dorfingen einzureihen.

Bald schon war mein Hemd schweißdurchtränkt, nicht nur wegen der Sonne, die erbarmungslos auf die Windschutzscheibe schien, sondern auch aufgrund der zappelnden Jungen um mich herum. Dass diese Bengels keinen Augenblick stillsitzen konnten! Als eine Trinkflasche von der Rückbank geworfen wurde und an meine Schulter prallte, hätte ich die ganze Bande am liebsten hinausgeworfen und am Straßenrand stehen lassen. Grimmig biss ich die Zähne zusammen, folgte dem Wagen des Trainers und verfluchte meinen Sohn, seine Freunde, den Deutschen Fußballbund und alles, was mit diesem Sport zusammenhing.

Endlich kamen wir an – irgendwo im nirgendwo. Ein Bierzelt, ein Umkleidehäuschen, ein stoppeliges Fußballfeld, umgeben von Äckern und Wäldern.

Nachdem es mir gelungen war, am Rand eines Feldweges das Auto zwischen zwei andere zu quetschen, purzelten die Jungen hinaus und kickten gleich los mit besagter Trinkflasche als Ballersatz.

Ich ging zum Bierzelt und hielt Ausschau nach einem Spielplan, denn meine Frau hatte mir nicht sagen können, wie lange dieses Turnier dauern würde. Auf einem Tisch am Eingang lagen ein paar Kopien des Turnierablaufs, und die Hoffnung, wenigstens den Nachmittag zuhause im kühlen Arbeitszimmer verbringen zu können, schwand. Das Endspiel war für siebzehn Uhr angesetzt. Bei den üblichen Verzögerungen würde es Abend werden, bis wir wieder zurückfahren konnten.

Wenn ich meinen Laptop mitgenommen hätte, hätte ich mich wenigstens zum Arbeiten an einen schattigen Ort zurückziehen können. Schattiger Ort? Ich sah mich um. Es gab keinen, außer dem Platz vor dem Umkleidehäuschen, der von Zigarettenstummeln und Glasscherben übersät war. Ich erwog kurz, ob es sich nicht doch lohnte, nach Hause zu fahren und den Laptop zu holen, als ein weiteres Auto von Tims Mannschaft eintraf – die Familienkutsche Doktor Meiers, unseres Kinderarztes, der seine Zwillinge zum Spiel begleitete. Seine Anwesenheit gab mir die Hoffnung, einen Gesprächspartner zur Verfügung zu haben, mit dem man sich über Anspruchsvolleres als Fußball unterhalten konnte.

»Na, dann wollen wir mal wieder«, grinste er mir entgegen.

Die Jungen verschwanden im Umkleidehäuschen, und Doktor Meier und ich gingen ins Bierzelt, um einen Kaffee zu holen. Bereits zu dieser frühen Stunde stand vor dem Bierausschank eine lange Schlange, während wir beim Kaffeestand sofort bedient wurden. Die aufgestaute Hitze und die alkoholgeschwängerte Luft trieben uns schnell wieder nach draußen. Wir fanden einen

Platz auf einer Bank, die zwar keine Schatten, aber die Möglichkeit zum unbeschwerten Atmen und Abstellen der Tassen bot.

Doktor Meier schilderte begeistert den Sieg der Mannschaft am letzten Spieltag, von dem ich außer einem Haufen schmutziger Trikots vor unserer Waschmaschine nichts mitbekommen hatte. Obwohl ich versuchte, andere, interessantere Themen anzuschneiden wie zum Beispiel die Folgen der aktuellen Gesundheitsreform für seine Praxis, kam er immer wieder auf die taktischen Spielzüge zurück, die am Ende zum Erfolg geführt hatten und heute unbedingt wiederholt werden mussten, um wenigstens das Viertelfinale zu erreichen.

Leider gesellten sich noch andere Eltern der Mannschaft zu uns, so dass an einem Themenwechsel nicht mehr zu denken war. Der Vater des Stürmers, dessen türkischen Namen ich mir nicht merken kann, erging sich in einer Gesamtbetrachtung der Saison. Das Ehepaar Klotz mischte sich ein, um die in ihren Augen vorzüglichen Leistungen ihres Sprösslings herauszustellen. Die beiden waren mir schon immer unangenehm aufgefallen. Mit übertriebenem Ehrgeiz bemühten sie sich seit Jahren um die Aufnahme ihres Sohnes in einen der hiesigen Spitzenvereine. Mir würde nie im Traum einfallen, Tim dem frustrierenden Prozedere der dabei üblichen gnadenlosen Sichtungen auszusetzen.

Die Frau des Trainers diskutierte mit einer anderen Mutter über die Anzahl der benötigten Kuchen für das bevorstehende Sommerfest der Fußballabteilung und zog über die ihrer Meinung nach ungenießbaren Muffins her, die jemand beim letzten Fest beigetragen hatte.

Gelangweilt nippte ich an dem zu schwachen Kaffee, blinzelte in die immer höher steigende Sonne und dachte wehmütig an das beruhigende Surren des Ventilators in meinem Arbeitszimmer. Mir fiel ein, dass ich vergessen hatte, die Sonnenmilch einzustecken.

Die Mannschaften trudelten auf dem Spielfeld ein, lärmende Haufen in den jeweiligen Vereinsfarben. Die erste Runde begann. Unsere Kinder hielten sich wacker gegen eine dieser Dorfmannschaften, deren Spieler alle einen Kopf größer waren als sie. Tim saß auf der Ersatzbank, was mich ärgerte. Da quält man sich aus dem Bett, und der Junge darf nicht einmal mitspielen! Er schien es gut zu verkraften, nicht zur ersten Aufstellung des Teams zu gehören. Munter bolzte er mit einem Mannschaftskameraden am Spielfeldrand herum.

Richtig so, versuchte ich mir einzureden, dabei sein ist alles. Beim Anblick des aktuellen Gegners war ich insgeheim erleichtert, dass mein Sohn nicht Gefahr lief, von einem dieser derben Burschen überrannt zu werden. Ich nahm mir jedoch vor, den Trainer anzusprechen, sollte Tim beim nächsten Spiel ebenfalls nicht eingesetzt werden.

Um mich herum lärmten die anderen Zuschauer. Besonders die Klotzens hielten sich nicht damit zurück, abwechselnd ihren Jungen und den Schiedsrichter anzupöbeln. Trauben mitfiebernder Eltern gestikulierten ungestüm am Spielfeldrand, schweißüberströmt mit hochroten Köpfen. Diese Unbeherrschtheit und Disziplinlosigkeit stieß mich ab. Wie konnte man sich nur so vor seinen eigenen Kindern benehmen!

Der Vormittag zog sich endlos dahin. Zwischen den Spielen unserer Mannschaft schlenderte ich über das Gelände, angeödet von den Debatten um Strategie, Punkte und vergebene Torchancen.

Um die Zeit totzuschlagen, gesellte ich mich schließlich zu dem Trupp um Doktor Meier, der unter einem kümmerlichen Kastanienbaum sein Lager aufgeschlagen hatte. Eifrig notierte Frau Klotz, auf einer ausgebreiteten Decke sitzend, die Ergebnisse der Spiele mit, während die Männer die Chancen berechneten, ins Finale zu kommen.

»Wenn Rummingen gewinnt, und unsere Mannschaft wenigstens ein Unentschieden schafft…«

»Aber doch nicht gegen Bobbingen, gegen die haben sie noch nie gewonnen.«

»Der Angreifer von denen ist aber zu Deppingen gewechselt. Außerdem ist der Torwart verletzt, die haben einen Ersatzmann zwischen den Pfosten.«

Hinter den Wipfeln der in der Ferne schimmernden Wälder schwollen dicke, weißgraue Wokenbälle in den Himmel hinein. Am Bierzelt waberte ein unaufhörlicher Strom durstiger Zuschauer und Spieler, nach Schatten und Flüssigkeit lechzend. Ab und zu versuchte ich, meinen Sohn einzufangen, um ihm Wasser einzuflößen. Kaum hatte er einen hastigen Schluck aus der Flasche genommen, sprintete er wieder los, seinen Teamkollegen hinterher.

Beim letzten Spiel der Vorrunde durfte Tim von Anfang an mitspielen, und unsere Mannschaft gewann. Nach dem Abpfiff strebte ich zum Bierzelt, um Tim eine Leberkässemmel zu besorgen und die Wasservorräte aufzufüllen. Bei der Schlange am Stand für alkoholfreie Getränke lief mir Doktor Meier über den Weg. Er lachte fröhlich angesichts des Sieges und klopfte mir anerkennend auf die Schulter.

»Gute Leistung von deinem Jungen. Wir sind weiter. Das muss gefeiert werden.«

Ehe ich mich versah, drückte er mir eine Bierflasche in die Hand und prostete mir zu. Sonst vermeide ich es, tagsüber Alkohol zu trinken, um meine Leistungsfähigkeit nicht zu beeinträchtigen. Doktor Meiers Bier konnte ich jedoch schlecht ablehnen. Durstig nahm ich einen kräftigen Schluck und lauschte interessiert den Ausführungen des Kinderarztes über eine Veranstaltung, auf der er mit Uli Hoeneß ins Gespräch gekommen war. Die Bierflaschen gingen zur Neige. Um nicht unhöflich zu erscheinen, holte ich uns eine zweite Runde.

Auf dem Rückweg zu unserem Platz unter dem Kastanienbaum kam die Unterhaltung wieder zurück zum heutigen Turnier. Ich lobte die gekonnte Flanke des einen Meier-Zwillings, die beim letzten Spiel zum siegbringenden Tor geführt hatte. Bei Frau Klotz erkundigte ich mich nach dem Zeitpunkt und dem Gegner des nächsten Spiels. Ihre Kopie des Spielplans war nassgeschwitzt und zerknittert, denn sie hielt ihn tapfer seit Turnierbeginn in den Händen, um jederzeit Ergebnisse nachtragen, Berechnungen anstellen und Torlisten führen zu können.

»In einer Viertelstunde gegen Hammerdingen.« Ihre Stimme war vom Anfeuern der Mannschaft heiser geworden.

Ich schnaubte verächtlich. »Hammerdingen? Die schlagen wir doch mit links.«

»So einfach wird das nicht«, gab der türkische Vater unseres Superstürmers zu bedenken. »Die haben gegen Erdmannsried unentschieden gespielt, obwohl die in der Staffel auf dem ersten Platz sind. Und gegen Bobbingen haben sie 10:1 gewonnen.«

»Aber vorhin, gegen Deppingen«, warf ich ein, »das war doch nichts. Der Torwart konnte doch keinen einzigen Ball halten!«

»Trotzdem, das wird ein hartes Spiel.« Der Trainer kratzte sich am Kopf. »Ich hoffe, dass die Jungs noch genug Kraft haben, das durchzustehen.«

»Das wird schon«, beruhigte ihn Doktor Meier, »unsere Kinder, die sind nicht ohne.«

Der Trainer verließ uns, um die Mannschaft zusammenzusuchen. Herr Klotz erklärte sich bereit, die nächste Runde Bier für alle zu besorgen, und wir schlenderten plaudernd zum Spielfeldrand. Erst jetzt fiel mir auf, dass ich noch immer die für Tim gedachte Leberkässemmel in der Hand hielt. Ich aß sie auf.

Rechts neben uns sammelten sich die Hammerdinger Eltern, schwenkten Bierflaschen und Fahnen, grölten siegesbewusst und warfen uns hämische Blicke zu. Jeden war klar: Es ging um alles oder nichts. Dann betraten die Jungen das Spielfeld. Obwohl sich dunkle Wolkenberge vor die Sonne schoben und aufkommende Windböen über den Platz jagten, drückte die Schwüle unerträglich auf uns nieder.

Das Spiel begann. Jeden Vorstoß ihrer Mannschaft begleiteten die gegnerischen Eltern mit lautem Schlachtgesang. Verlor einer ihrer Jungen den Ball, übertraten sie regelwidrig die Begrenzungslinie des Spielfeldes und schüttelten die Fäuste gegen den Schiedsrichter.

Mir schwirrte der Kopf. Gebannt starrte ich auf die flinken Beine, die hin- und herjagten, die rotweißen und blauen Trikots, die sich zu Haufen zusammenballten, nach vorne und hinten wogten, dem Ball hinterher, der hier gestoßen, dort getreten wurde. Da, ein Schuss – die weiße Kugel flog auf unser Tor zu! Unter hoffnungsvollem und dann enttäuschtem Aufjaulen der Hammerdinger prallte der Ball an Paolo, unserem Libero, ab und ging ins Aus.

»Das war Hand!«, brüllte ein Hammerdinger Vater, ein bulliger Kerl mit Bierbauch und riesigen Schweißflecken auf dem T-Shirt. »Scheißschiri, Elfmeter!«

Mein Sohn stoppte gerade mit einem mutigen Hechtsprung einen gegnerischen Stürmer, der über den Rasen purzelte, einen Moment verdutzt liegen blieb und sich dann wieder mühsam aufrappelte.

»Foul, Schiri, hast du keine Augen im Kopf!«

Allmählich empfand ich das unqualifizierte Gebrüll dieses Kerls als unerträglich.

Unser Team setzte zum Gegenangriff an. Hamid, der Superstürmer, dribbelte dem gegnerischen Tor entgegen, wurde jedoch an der Straflinie in die Zange genommen. Der Ball pulsierte eine Weile entscheidungslos im Mittelfeld herum. Kein Grund für die angetrunkenen Hammerdinger Fans, damit aufzuhören, unsere Jungen zu beschimpfen und dem Schiedsrichter zu drohen. Das spornte uns umso mehr an, die Mannschaft mit ermutigenden Zwischenrufen anzufeuern.

»Das sind alles Luschen, die Hammerdinger«, brüllte Herr Klotz, »die verspeist ihr doch zum Frühstück!«

»Nehmt diese Deppen auseinander, der Schiri ist sowieso blind!« Doktor Meyers Stimme überschlug sich.

Über den Wäldern wurde der Himmel immer dunkler, in der Ferne grollte es. Ich sah auf die Uhr. Noch fünf Minuten zu spielen.

»Vorwärts, haut sie zusammen!« Mein Hals fing an, zu kratzen. Die Biere von Herrn Klotz waren schon längst geleert, aber zum Glück hatte jemand Nachschub geholt. Das lauwarme Getränk half mir, die aufkommende Heiserkeit zu bekämpfen.

Jonni, einer der Meier-Zwillinge, hatte den Ball erobert und lief Richtung gegnerisches Tor. Kein anderer bot sich an, also schoss er den Ball einfach nach vorne, zufällig direkt Hamid vor die Füße. Hamid trat zu, und der Ball beulte das Netz aus. Der Griff des Torwarts, ein kraushaariger Junge eindeutig afrikanischen Ursprungs, ging ins Leere.

Wir lagen uns in den Armen, Doktor Meier und ich, wir jubelten und schrien und tanzten voller Freude.

»Das war Abseits! Der Schiri hat keine Augen im Kopf!«, donnerte der Bierbauch unter dem zustimmenden Gegröle seiner Mitgenossen. Er warf uns finstere Blicke zu, während wir ein Grinsen nicht unterdrücken konnten.

»Von wegen Abseits!«, rief Doktor Meier in Richtung der Hammerdinger Fans. »Ein Supertor war das!«

»Da zeigt sich, wer der Bessere ist«, fügte ich hinzu, stolz auf die Leistung unserer Sprösslinge und im Hochgefühl des nahen Sieges.

Der Bierbauch kam auf uns zu. Er stemmte seine Hände in die Taille und fixierte Doktor Meier und mich mit glasigen Augen.

»Wollt ihr Ärger oder was!«, brüllte er. »Das war Abseits! Eure Luschen kriegen doch nichts zustande, wenn der Schiedsrichter nicht für sie pfeift.«

»Also hören Sie mal!«, empörte ich mich. »Das sieht doch ein Blinder, dass das kein Abseits war. Der Dicke da vorne stand eindeutig zwischen Tor und unserem Stürmer!«

»Der Dicke ist mein Sohn.« Die Stimme des Bierbauchs bekam einen gefährlichen Unterton. »Und er stand eindeutig hinter eurem dreckigen Türken.«

Er spuckte auf den Rasen und mir blieb die Spucke weg. Hamids Vater stürmte auf den Bierbauch los.

»Was hast du gesagt?«, fauchte er ihn an und hielt ihm die Faust unter die Nase. »Ich lasse meinen Sohn von so einem wie dir nicht beleidigen!«

Der Bierbrauch grinste höhnisch. »Dreckiger Türke! Schlag doch zu, wenn du dich traust!«

»Moment mal!« Ich wollte dazwischen gehen, denn das ging mir jetzt zu weit. Aber ehe ich mich versah, spürte ich einen heftigen Schlag auf meiner Stirn und taumelte zurück, während sich vor mir ein Knäuel an schreienden und um sich schlagenden Männern bildete. Irgendwo sah ich Doktor Meier mitten in dem Trubel mit einem dunkelhäutigen Mann ringen, der wohl der Vater des gegnerischen Torwarts sein musste. Ich wollte Doktor Meier zu Hilfe kommen, aber ein schmerzhafter Hieb in die Seite stoppte mich. Als ich blind zurückschlug, traf ich einen nach Schnaps und Schweiß riechenden Kerl in den Bauch, woraufhin er japsend zusammenklappte und beiseite stolperte. Voller Wut stürzte ich mich hinein in das Gewoge, Hiebe nach links und rechts austeilend, bereit, die Ehre unserer Kinder zu verteidigen. Niemand sah mehr dem Spiel zu, das in die letzte Minute ging. Es galt, mit kräftigem Arm- und Beineinsatz Platz zu gewinnen, sich zu wehren und auszuteilen, trotz des ein oder anderen Schlages auf Schultern, Kopf und Arme. Alles keuchte, von Staub und Gras verdreckt, alles rollte auf dem Boden, brüllend, kämpfend wie die Stiere.

Plötzlich durchbrach ein greller Blitz die dunkeln Wolken, ein Donnerschlag knallte in den Ohren, und ein

Sturzbach prasselte hernieder. Alle erstarrten und blickten hoch zum aufgewühlten Himmel. Eine Massenflucht setzte ein. Triefende Männer wankten, durchnässte Frauen kreischten, Opas humpelten, schlammige Kinder sprangen über den Turnierplatz, jeder auf der Suche nach einem trockenen Unterschlupf.

Ich lief zu meinem Auto, denn das Bierzelt platzte vor lauter Menschen schon aus allen Nähten. Schwer atmend ließ ich mich auf den Sitz fallen und schlug die Tür hinter mir zu. Tim hatte ich mit dem Trainer Richtung Umkleidehäuschen rennen sehen. Der Regen prasselte unbarmherzig nieder. Es donnerte und blitzte, als wäre der jüngste Tag gekommen. Mir schmerzte der Schädel, und mein linker Arm fühlte sich taub an. Ich schloss die Augen und versuchte, wieder einen klaren Kopf zu bekommen.

Das Gewitter verzog sich. Auf dem Platz herrschte Stille. Nur ein paar Vögel sangen friedlich in den Büschen. Langsam kamen sie alle wieder herausgekrochen, die Männer, die Frauen, die Opas und die Kinder. Sie schlurften durch Pfützen, durch Matsch und durchweichten Rasen in die frische, kühle Luft hinein.

Erst, als ich aus dem Auto stieg, bemerkte ich, dass mein Hemd am Arm zerrissen war. Grasflecken und

Erdklumpen verschmutzten meine Hose. Ich tastete vorsichtig die Schwellung an der Stirn ab und fühlte eine Flüssigkeit, die weder Regen noch Schweiß sein konnte.

Das Turnier wurde wegen Unbespielbarkeit des Platzes abgebrochen. Als Tim und die anderen Jungen frisch geduscht zum Auto kamen, sah mich mein Sohn erstaunt an.

»Was ist denn mit dir passiert? Da wird Mama aber schimpfen, wenn du so dreckig nach Hause kommst.«

»Steig ein, mein Junge«, sagte ich erschöpft. »Lass uns einfach fahren.« Tim kuschelte sich auf den Beifahrersitz.

»Hauptsache, wir haben gewonnen«, sagte er und lächelte, zufrieden mit sich und der Welt.